念楼学短
[修订版]
合集

桃李不言

锺叔河 著

人民文学出版社

序

龚曙光

近十余年，和锺叔河先生的交往多因工作，具体就是先生所编所撰的那些著作。支持出版这些书，是我对先生表达敬意的唯一方式。

我曾撰文：若论作文与做人，先生在当代是个例外和意外。于先生处，我所学所得不菲，归结起来，就是一长一短二字。长是指先生旁征博引信手拈来滔滔不绝的聊天，如在兴头上，便会是一场数小时不歇气的文化遨游；短则是指先生所编所著的那些精短文章。先生素倡短文，且数十年身体力行。在当代前辈文人中，我之最爱是先生的文字。因之，《念楼学短合集》也便成了案头书，屡读屡悟，渐有所得：写长文是作文，写短文是做人；把文章写长是一种能力，把文章写短是一种境界。话未必绝对，但大抵如是。因短文必须之精要、谨严和诚实，实为做人之不可或缺。

不敢为序，敬为先生祈寿！

龚曙光于壬寅初夏。

自 序 二

[原为1999年《出版广角》"学其短"专栏自序]

"学其短"几年前在报纸上开专栏时说过:"即使写不好,也可以短一些,彼此省时省力,功德无量。"这当然是有感而发。因为自己写不好文章,总嫌啰唆拖沓,既然要来"学其短",便不能不力求其短;这样稿费单上的数位虽然也短,庶可免王婆婆裹脚布之讥焉。

现应《出版广角》月刊之请,把专栏续开起来,体例照旧,即只介绍一百字以内的文章,而且必须是独立成篇的。也还想多选些纯文学以外的文字,因为我相信,有很多人和我一样,常亲近文章,却未必敢高攀文学。

学其短,当然是学古人的文章。但古人远矣,代沟隔了十几代、几十代,年轻人可能不易接近。所以便把我自己是如何理解,如何读的,用自己的话写下来。这些只是我自学的结果,顶多可供参考,万不敢叫别个也来学也。

一九九八年十二月十日于长沙。

桃李不言

关于《桃李不言》的说明

《桃李不言》是《念楼学短合集》五卷本的卷二，湖南原版所收的内容，详情如下：

"议论文十三篇"，"诏令文十四篇"，"奏对文十四篇"，"说明文十三篇"，"箴铭文九篇"，"哀祭文十一篇"，"文论九篇"，"书序十四篇"，"诗话九篇"，计九组一百零六篇。

"人文"新版保留了原版的"议论文""说明文""文论""书序""诗话"等五组，从原卷三调入了"记事文""记人物""记社会""记言语"等四组，使本卷内容全是论说文和记叙文；而将"诏令文""奏对文""箴铭文"等属于"典谟训诰"类的古文调归卷一，将属于抒情性质的"哀祭文"调往卷三了。调整后的详情为：

"议论文十三篇"，"文论九篇"，"书序十四篇"，"诗话九篇"，"说明文十三篇"，"记事文十三篇"，"记人物十三篇"，"记社会十三篇"，"记言语十一篇"，计九组一百零八篇。

五卷本皆以篇名作书名，《桃李不言》即"议论文十三篇"第一篇之名。

目 录

[议论文十三篇]

桃李不言（司马迁·李将军列传赞）...... 002

怕不怕民众（唐太宗·民可畏论）...... 004

不能不学（欧阳修·诲学说）...... 006

儿子取名（苏洵·名二子说）...... 008

谈人才（王安石·读孟尝君传）...... 010

宽与严（陈善·治大国若烹小鲜）...... 012

官与贼（宋濂·龙门子论政）...... 014

一团熟猪油（刘基·小人犹膏）...... 016

舆论一律（庄元臣·鸲鹆鸟）...... 018

做不做官（赵南星·论语难解）...... 020

谈读书（张岱·天下最乐事）...... 022

说现在（孙奇逢·题壁）...... 024

明不明（龚炜·明初冤狱）...... 026

[文论九篇]

忌迎合（赵璘·韦苏州论诗）...... 030

意趣同归（欧阳修·书三绝句诗后）...... 032

文章如女色（黄庭坚·书林和靖诗）...... 034

同时异时（周必大·跋苏子美真迹）...... 036

生气（傅山·高手画画）............ 038

不相同才好（廖燕·题目与文章）...... 040

新旧唐书（王士禛·唐书）............ 042

竹轩（王士禛·题榜不易）............ 044

文字狱（梁启超·戴南山孑遗录）...... 046

[书序十四篇]

何必从严（司马迁·循吏列传序）...... 050

孝与非孝（郑玄·孝经注序）........ 052

写得漂亮（曹丕·繁钦集序）........ 054

还当道士（韩愈·送张道士诗序）...... 056

酬唱之交（刘禹锡·吴蜀集引）...... 058

强词夺理（柳宗元·非国语序）...... 060

委曲求全（景焕·野人闲话序）...... 062

诗人选诗（王安石·唐百家诗选序）...... 064

诗与真实（陆游·闻警录序）........ 066

题诗难（叶适·观潮阁诗序）........ 068

当朝的史事（郑晓·今言序）........ 070

今昔不能比（顾炎武·日知录前言）...... 072

以笑代哭（陈皋谟·笑倒小引）...... 074

文人打油（曾衍东·哑然绝句自序）...... 076

〔诗话九篇〕

　　诗中用典（王士禛·用事）............ 080

　　四句够了（王士禛·意尽）............ 082

　　盛唐不可及（王士禛·桃源诗）........ 084

　　雪里芭蕉（王士禛·王右丞诗）........ 086

　　说苏黄（王士禛·论坡谷）............ 088

　　多余的尾巴（王士禛·柳诗蛇足）...... 090

　　含蓄（王士禛·贵有节制）............ 092

　　创作自由（王士禛·评诗之弊）........ 094

　　得其神髓（王士禛·勿袭形模）........ 096

〔说明文十三篇〕

　　宫门的标志（崔豹·阙）.............. 100

　　煎鱼饼（贾思勰·饼炙）.............. 102

　　虎皮鹦鹉（李昉·桐花鸟）............ 104

　　地理模型（沈括·木图）.............. 106

　　以虫治虫（庄绰·养柑蚁）............ 108

　　凤凰不如我（李时珍·寒号虫）........ 110

　　锄头的快口（宋应星·锄镈）.......... 112

　　灶王爷（谢肇淛·灶神）.............. 114

　　珍奇的书桌（钮琇·琥珀案）.......... 116

　　相爷名片（姚元之·严嵩拜帖）........ 118

　　乞巧（顾禄·磬巧）.................. 120

　　缩微玩物（顾禄·小摆设）............ 122

003

巧合（夏仁虎·北京城门）............ 124

〔记事文十三篇〕

种仇得仇（刘向·懿公之死）......... 128

國和圀（张鷟·则天改字）.......... 130

以饼拭手（刘餗·宇文士及割肉）...... 132

人不如文（刘餗·降为上计）......... 134

豺咬杀鱼（李昉·娄师德）.......... 136

有脾气（欧阳修·学士草文）......... 138

献赋（龚鼎臣·丹凤门）............ 140

树倒猢狲散（庞元英·不依附）...... 142

巧安排（沈括·一举三役）.......... 144

父与子（王君玉·曹彬曹璨）......... 146

须读书人（李心传·乾德铜镜）...... 148

勿与钥匙（陶宗仪·刺史避贼）...... 150

一览皆小（易宗夔·书匾额）......... 152

〔记人物十三篇〕

吸脓疮（刘向·吴起为魏将）......... 156

高下自见（裴启·祖阮得失）......... 158

牛头马面（张鷟·周兴残忍）......... 160

英雄本色（刘餗·英公言）.......... 162

听其自然（赵璘·裴晋公）.......... 164

靴价（欧阳修·冯道和凝）.......... 166

004

胡铨（罗大经·斩桧书）．．．．．．．．．．168

更快活（谢肇淛·梅询）．．．．．．．．．．170

洗马（张岱·杨文懿公）．．．．．．．．．．172

又哭又笑（王士禛·御史反覆）．．．．．．．．174

性情中人（王士禛·严感遇）．．．．．．．．．176

不讲排场（易宗夔·戴金溪）．．．．．．．．．178

送寿礼（易宗夔·陆稼书）．．．．．．．．．．180

[记社会十三篇]

市井无赖（段成式·蜀市人赵高）．．．．．．．184

乐工学画（王辟之·营丘伶人）．．．．．．．．186

琴师（叶绍翁·黄振以琴被遇）．．．．．．．．188

一连三个（郑晓·莫贺莫贺）．．．．．．．．．190

边唱边摘（周亮工·唱龙眼）．．．．．．．．．192

咬屁股（蒲松龄·车夫）．．．．．．．．．．．194

太行山（金埴·争山名）．．．．．．．．．．．196

三十年河西（赵翼·尚书孙）．．．．．．．．．198

愉快的事（张苣·十爱）．．．．．．．．．．．200

讨厌的事（张苣·十憎）．．．．．．．．．．．202

敬土地（顾禄·土地公公生日）．．．．．．．．204

妓女哭坟（崇彝·南下洼）．．．．．．．．．．206

吃瓦片（夏仁虎·贵旗免问）．．．．．．．．．208

【记言语十一篇】

点上蜡烛（刘向·平公问师旷）......... 212

答得好（裴启·法畅答庾公）......... 214

手足情深（刘悚·言为姊作粥）......... 216

我不会死了（刘肃·笑对谐谑）......... 218

说蟹（王君玉·一蟹不如一蟹）......... 220

披油衣吃糖（王明清·滑稽）......... 222

救马夫（陶宗仪·晏子讽谏）......... 224

人尽可夫（谢肇淛·格言）......... 226

囊萤映雪（浮白主人·名读书）......... 228

人情冷暖（钮琇·钓叟慨言）......... 230

读常见书（易宗夔·临别赠言）......... 232

议论文十三篇

桃 李 不 言

[念楼读]

　　古书中说得好——
　　　　自己行得正,不用下命令,群众也会照样行动;
　　　　自己行不正,再发号施令,群众也一句不会听。
这前一句,说的不就是李广李将军带兵的情形吗?
　　我所见的李广,谦虚谨慎,像个乡下人,嘴里有时连话都说不出,更不会交际应酬。可是他自杀的消息传开,听到的人,无论是否熟悉,无不为之悲悼。因为他的忠勇和诚信,早已为人所知,成为共识了。俗谚道:
　　　　桃树和李树,对自己的美好不会宣传;
　　　　它们的花果,却将人们都吸引到跟前。
用古文讲就是"桃李不言,下自成蹊",用来形容这位伟大的人物,倒还适当。的确,真的伟大是无须宣传的。

[念楼曰]

　　学其短,我有意将"学"的范围扩大,使之不限于所谓纯文学,特别想要从传统的各类文体中选读些名文。所谓名文,大都是历来传诵公认的名篇,但也有原来并不普及,而是我十分欣赏,认为可以和公认的名篇并列的。
　　姚鼐"为《古文辞类纂》,其类十三",首为"论辨类";曾国藩编《经史百家杂钞》与之"微有异同",分十一类,"论著类"仍列为第一。这些现在通称为议论文,自本篇起共选读十三篇。
　　司马迁为李将军的孙子说话,付出了惨重的代价,故其议论隐含着对汉家的不平。"桃李不言",公道却自在人心。

李将军列传赞

司马迁

太史公曰：传曰其身正，不令而行，其身不正，虽令不从。其李将军之谓也。余睹李将军悛悛如鄙人，口不能道辞。及死之日，天下知与不知，皆为尽哀。彼其忠实心诚信于士大夫也。谚曰：桃李不言，下自成蹊。此言虽小，可以谕大也。

[学其短]

◎ 本文录自司马迁著《史记》卷一百九。李将军名广，为西汉名将，善战有功，而不得封侯，后被迫自杀。

◎ 司马迁，字子长，西汉夏阳（今陕西韩城）人。他和李广之孙李陵是朋友，因帮李陵说话受官刑，发愤著《史记》。

◎ "其身正"四句，见《论语·子路》篇。

◎ 悛悛，谨厚貌。

◎ 蹊，人踏成的小路。

◎ 谕，通"喻"。

怕不怕民众

[念楼读]

　　从古到今，帝王的统治，都是有盛必有衰，有兴必有亡，就像白天之后必然会是黑夜一样，永远都不会有不落的太阳。

　　做皇帝的人，如果闭目塞听，不注意民间的疾苦，不倾听民众的呼声，他的统治就会结束得更快。

　　《尚书》中有两句："可爱的难道不是君王吗？可怕的难道不是民众吗？"意思就是说：在民众心目中，君王是他们生活的保障，自然应该为民众所爱戴；但君王若不顾及民众的生活，要当无道昏君，民众便会抛弃他，打倒他，这时在君王心目中，民众就会成为可怕的了。

[念楼曰]

　　唐太宗李世民这篇文章，收在《全唐文》卷十"太宗七"中。原文仅五十五字，却尖锐地提出了统治者生死存亡的大问题，并且直截了当地做了回答。这就是：民众有能力也有权力决定统治者的兴亡，关键是统治者是否代表民众的利益。

　　历代总集，总把帝王之作冠冕全编，害得读者只能从若干卷以后看起，只有魏武魏文等少数例外。李世民没有文学遗传因子，出身军人家庭，十九岁便带兵打仗，而能写出这样的文章，尤其是敢于承认统治者无论多么英明伟大，其统治都只能是暂时的，实在难得，此其所以为明君乎！

民可畏论

唐太宗

古之帝王，有兴有衰，犹朝之有暮，皆为蔽其耳目，至于灭亡。书云可爱非君，可畏非民。天子有道则人推而为主，无道则人弃而不用，诚可畏也。

[学其短]

◎ 本文录自《全唐文》卷十"太宗七"。
◎ 唐太宗，姓李，名世民，年号贞观。
◎ "可爱非君，可畏非民"二句，见《尚书·大禹谟》。孔颖达疏曰："言民所爱者岂非人君乎？民以君为命，故爱君也。言君可畏者岂非民乎？君失道则民叛之，故畏民也。"

不能不学

[念楼读]

玉石不经过切削打磨,就不能制成精美的玉器;人不学习,不接受教育,就不会懂得知识,明白道理。但人和玉石毕竟有所不同,玉石即使不经过加工,也还是玉石;人却有活的生命,本性自然要发展,要变化,要适应环境。也就是说,人是生来就需要学习的。

人如果不学习,不自觉接受教育,便无法使自己变好,无法成为一个高尚的人、有用的人,甚至还会变坏、堕落,迷失自己的本性。

这一点,总要时时记住才好。

[念楼曰]

"玉不琢"几句本是《礼记》中的话,后来的《三字经》又写进去(只改了一个字),差不多尽人皆知了。接下来的"苟不教,性乃迁",也是欧公"人之性因物则迁"的三字化。

这里所说的"性",即人的本性,也就是现在通称的人性。动物行为学认为,学习是动物的天性,小老虎自然会在丛林中学会捕猎,终至成为百兽之王。但如果是在铁笼子里"培养教育"出来的,即使斑毛白额依然,却见了牛犊、家鹅甚至公鸡也害怕,只会在鞭子的指挥下站起来打躬作揖,然后伸起颈根等冰冻牛肉吃。此则已灭尽应有的虎性,成为枉披一张老虎皮的畜生了。虎固如此,人亦如之。故一切教育,都必须尊重人性,而不能戕害人性。

诲学说

欧阳修

玉不琢不成器．人不学不知道．然玉之为物有不变之常德虽不琢以为器而犹不害为玉也．人之性因物则迁不学则舍君子而为小人可不念哉．

[学其短]

◎ 本文录自《欧阳文忠全集》卷一百二十九，是写给其次子欧阳奕看的，文末原有"付奕"二字。

◎ 欧阳修，字永叔，谥文忠，北宋庐陵（今江西吉安）人，古文唐宋八大家之一。

儿子取名

[念楼读]

苏洵《名二子说》，说的是他给两个儿子（苏轼和苏辙）取名的用意，全文如下：

车辆的各部分，轮、顶、底盘等等，都有作用，都不可缺。只有轼——车厢前那根横木，似乎没什么大用处；但若去掉它，看起来便不像一辆完整的车了。轼啊，我愿你在人们眼中，不要成为可有可无的东西。

车都得在辙——车道上才能走，讲起车辆做的工作，却不会提到车道；可是，车即使翻了，马即使受伤死了，车道也不会受连累。无大福者无大祸，辙啊，愿你一生平安。

[念楼曰]

眉山三苏祠有一副署名"道州何绍基"的对联：

一门父子三词客，千古文章四大家。

韩柳欧苏，这一家子占了三个。咱们中国除了"三曹"，很难再数出第三家；外国我只知有大小仲马，父子俩也还差一个。

这则短文，说的是这个"文学之家"的家事，却表现出了生活的智慧和父子的亲情。苏辙儿时一定聪明绝顶，父亲怕他锋芒太露，长大了到社会上会吃亏，所以宁愿他低姿态。苏轼则根器更大，更深厚含蓄，父亲怕他太"不外饰"（不爱表现），所以希望他要进取。

贤父有知子之明，佳儿则双双用事实证明，父亲的操心没有白费，担心却是多余。

名二子说

苏洵

轮、辐、盖、轸,皆有职乎车,而轼独若无所为者。虽然,去轼则吾未见其为完车也。轼乎,吾惧汝之不外饰也。天下之车莫不由辙,而言车之功,辙不与焉。虽然,车仆马毙而患不及辙,是辙者祸福之间。辙乎,吾知免矣。

[学其短]

◎ 本文录自苏洵《嘉祐集》卷十五。
◎ 苏洵,字明允,号老泉,北宋眉州眉山(今属四川)人,古文唐宋八大家之一。

谈 人 才

[念楼读]

都说孟尝君能尊重知识尊重人才，人才都被延揽到他门下；因此，当他被秦国扣留时，才会有门客施展才能，使之脱险。

可是，这是什么人才啊？他们的本事只是在半夜里装成狗子偷进秦宫取回白狐裘，只是在拂晓前靠口技装鸡叫诓开城门逃出去。孟尝君门下的这班门客，不过是些装鸡扮狗之流，哪能算人才呢？

当时齐国的国力并不比秦弱，若真能得到像管仲、乐毅那样的人才，何愁不能对付强秦，怎会要靠装鸡扮狗才能逃命。

装鸡扮狗之流都招揽来，真正的人才就不会来了。

[念楼曰]

"士"这个名词，如今在人们嘴上，大约只有下象棋时用一用，古时却是知识分子的总称，社会地位相当高。神偷和名艺人，有时确实能派上大用场，但也确实没有资格称为士。

士之为士，得有两条：一是凭知识智能吃饭；二是心里有天下民生，头脑里有思想。后一点尤为重要。长沮桀溺耦而耕，虽是干活的苦力，但"滔滔者天下皆是也"这番话一说，其为"避世之士"即已无疑。而玉臂匠金大坚的图章刻得呱呱叫，篆隶俱精，技艺肯定一流，却难入士流，更不必说"吹打弹唱伏侍普天下看官"的白秀英了。

读孟尝君传

王安石

[学其短]

世皆称孟尝君能得士,士以故归之,而卒赖其力以脱于虎豹之秦。嗟乎!孟尝君特鸡鸣狗盗之雄耳,岂足以言得士?不然,擅齐之强,得一士焉,宜可以南面而制秦,尚何取鸡鸣狗盗之力哉?夫鸡鸣狗盗之出其门,此士之所以不至也。

◎ 本文录自王安石《临川先生文集》卷七十一。孟尝君为战国时齐公子。

◎ 王安石,字介甫,号半山,北宋临川(今江西抚州)人,古文唐宋八大家之一。

◎ 鸡鸣狗盗,《史记》说,孟尝君被秦国拘留,靠门客装狗入秦宫盗回狐白裘行贿,又靠门客装鸡鸣诓骗秦人打开城门,才得逃归齐国。

宽 与 严

[念楼读]

吴世英曾经对我说:"老子讲的,'管理大地方,就像煎小鱼。'这可以作两种解释:主张'从宽'呢,就是不要多翻动,免得将鱼皮鱼肉弄碎;主张'从严'呢,就是为了出味道,得多放姜醋加辣椒。"

我知道,他是在用玩笑话讲道理,便对他说:"难怪司马迁写《史记》,要将老子、韩非合传,原来法家强化专政的理论,还可以从《道德经》中找根据啊!"

[念楼曰]

中世纪佛罗伦萨的 Machiavelli(马基雅维利)著《君主论》,建议君王"不应顾虑被谴责为残暴","要懂得善于利用兽法(暴力),又善于利用人法(法律)"进行统治,"与其为人所爱,还不如为人所惧更为安全"。韩非便是早一千七百多年生于中国的马基雅维利。

中国传统思想的神位,正中间供着的当然是儒家,可法家和道家却一左一右占了两边。人们称颂贤明的君主,总恭维他"外圣内王",说穿了就是尊孔孟,讲爱民,讲仁政,行的则是韩非传授的法、术、势,是靠严刑峻法施行的虐民的暴政。从秦皇汉武到雍正王朝,莫不如此。至于老子《道德经》,因为有"治大国若烹小鲜"、"将欲夺之,必固与之"这样的政治智慧,对于聪明的统治者也的确很有用。

治大国若烹小鲜

陈 善

[学其短]

吴世英尝语予治大国若烹小鲜是有二义。盖自宽厚者言之则曰宜勿烦扰.自刻薄者言之则曰当加咸酸.予知其戏.因语之曰太史公所谓申韩刑名惨刻.皆原道德之意无乃是乎。

◎ 本文录自陈善《扪虱新话》卷之四。治大国若烹小鲜,语见《老子》六十章。

◎ 陈善,南宋高宗、孝宗两朝时人,字子兼,一字敬甫,号秋塘,南宋罗源(今属福建福州)人。

◎ 太史公所谓,指《史记》第六十三《老庄申韩列传赞》,"韩子引绳墨,切事情,明是非,其极惨礉少恩,皆原于道德之意,而老子深远矣"。礉,苛刻。

官 与 贼

[念楼读]

县太爷问怎么样办好县政,龙门子说:

"百姓被伤害得太久、太厉害了,应该像对待伤病员那样,让他们安静地休息。"

"是这样啊,请问还要注意什么?"

"不要去抢,不要去偷。"

"这是怎么说?"

"从老百姓身上刮一块钱放进自己腰包,便是偷和抢。当官的都偷都抢,百姓们就更活不下去了。"

"有这么严重吗?"

"还有更严重的哩!当官不与民做主,白吃俸禄,还要浪费贪污,不等于盗窃人民和国家的钱,等于做贼吗?"

[念楼曰]

宋濂的七十年生命,在元朝度过了五十八年。他在元朝已经取得翰林院编修的职位,却辞官不做,隐居在龙门山中著书,当然是不满意当时的政治黑暗和吏治腐败。本文即是当时所作,看得出他眼中的官就是盗贼和"准盗贼"。我想,这应该是他后来成为新朝文臣的原因。

朱元璋严惩过贪官,甚至将其剥皮处死。但剥下的人皮还在衙门口挂着,新官又乐滋滋地来上任了,照样贪。严刑峻法杀不完贪官,因为专制政治是贪污的温床和催化剂。正是这种专制政治,最后也要了宋濂的老命。

龙门子论政

宋濂

[学其短]

县大夫问政。龙门子曰:民病久矣。其视之如伤乎。曰:是闻命矣。愿言其他。龙门子曰:勿为盗乎。曰:何谓也。曰:私民一钱,盗也。官盗则民愈病矣。曰:若是其甚乎。曰:殆有甚焉。不称其任而虚报既廪者,亦盗也。

◎ 本文录自宋濂《龙门子凝道记》,见《宋文宪公全集》卷五十一。

◎ 宋濂,字景濂,号潜溪,元末明初浦江(今属浙江)人,曾入龙门山著书,自号龙门子。

一团熟猪油

[念楼读]

不正派的人，就像一团熟猪油，看上去又白又润泽，一点也不难看，若是沾上手，便腻腻糊糊，洗都洗不脱了。

这种人在没有得志的时候，总是低声下气，对人显得十分顺从；一旦得了志，便立刻由低姿态变为高姿态，头也抬高了，嗓门也变大了，生怕别人不知道他成了角色。

正派的人，是不会愿意跟不正派的人为伍的。其实亦无须看到他的后来，在他们唯唯诺诺、打躬作揖的时候，早就会深恶而痛绝之，决不会沾上手，等着他们"一阔脸就变"。

[念楼曰]

说刘伯温作《烧饼歌》，和姜子牙、诸葛孔明一样，能未卜先知，是小说家的"戏说"。但此人出于乱世，跟上英明领袖朱元璋以后，又几经大起大落，对世态人情有比较深切的了解倒是真的。

小人的特征是前恭后倨，《一捧雪》中的裱褙匠汤勤，《大卫·科波菲尔》中极力表示谦卑的尤里，莫不如此。此种小人时时处处皆有，为人处世不沾他也就是了。但如治国用人也只求其"听话"，偏爱"驯服工具"，则无异于公开宣布将小人作为优先选拔的对象，祸国殃民的根源实在于此，说多严重有多严重。在这一点上，刘伯温真有先知。

小人犹膏

刘 基

郁离子曰:小人其犹膏乎。观其皎而泽,莹而媚,若可亲也,忽然染之则腻不可濯矣。故小人之未得志也尾尾焉一朝而得志也岸岸焉,尾尾以求之,岸岸以居之,见乎声,形于色,欲人之知也,如弗及。是故君子疾夫尾尾者。

[学其短]

◎ 本文录自刘基《郁离子》,见《诚意伯文集》卷四。
◎ 刘基,字伯温,元末明初青田(今属浙江温州)人,封诚意伯。

舆论一律

[念楼读]

　　八哥鸟生长在南方，捉来经过调教，就会模仿人的声音，翻来覆去叫几句现话。

　　有一次，知了在庭前高歌，八哥笑它发不出人的声音。知了说："你能学人话当然好，但这是你自己的话吗？你只能照样说话，我唱的可是我自己的歌呀！"

　　八哥听后觉得惭愧，低下了头，从此不再一开口就照本宣科了。

　　高唱一个旋律一种调子的人，唱的全是别人教给的几句，活像一群八哥鸟，却完全不知道惭愧。

[念楼曰]

　　知了（蝉）讥笑八哥鸟只会照样说话，"照样说话"四个字换一种说法就是"舆论一律"。

　　蝉和八哥都是动物。大自然中动物种类百千万种，多能发出它们自己的声音，当然都各自不同，绝不会千般一律的。

　　有某些动物（昆虫或鸟类）具有模仿别种虫鸟声音的能力，这只是个例，和拟态一样乃物种演化出来的一种求生本能。人类或加以利用，八哥"能效人言"即一例也。

　　世界和人本来是多样的，并不是也不可能是一律的；舆论自然也是多样的，硬要它成为"一律"，硬要万马齐喑，一花独放，统治者能力再强，亦只能行其意于一时，断断不能长久。怕只怕被调教成的八哥还多，却又不知惭愧，仍要不断聒噪。

鸲鹆鸟

庄元臣

鸲鹆之鸟出于南方．南人罗而调其舌．久之能效人言．但能效声而已．终日所唱惟数声也．蝉鸣于庭．鸟闻而笑之．蝉谓之曰．子能人言甚善然子所言者未尝言也．曷若我自鸣其意哉．鸟俯首而惭．终身不复效人言．今文章家窃摹成风．皆鸲鹆之未惭者也．

[学其短]

◎ 本文录自庄元臣《叔苴子》。
◎ 庄元臣，字忠甫，明江苏吴江（今属苏州）人。

做 不 做 官

[念楼读]

荷蓧丈人是避乱隐于农民中的贤者,子路说他不出来做官是不负责任,只顾自己一身干净,不替君王出力,是破坏了伦常。如果子路批评得对,那么《论语》所记孔子的话,"国家政治清明,便该出来效力;政局混乱,便该隐身匿迹",岂不反而错了?《论语》此处的矛盾,真使人不大好理解。

[念楼曰]

荷蓧丈人"植其杖而耘",撑着一根耨禾棍耨田,是相当劳累的农活,所以他对"四体不勤,五谷不分",带着一帮弟子周游列国到处求仕(跑官)的孔子,表示不很赞同。于是,孔子的好学生子路就要批评他"不仕无义"(不肯出来做官,不尽君臣之义),是"欲洁其身而乱大伦",话说得相当重。

其实,孔子自己也说过,"天下有道则见(现),无道则隐"(《论语·泰伯》),意思是政治开明时才能出来做官,政治黑暗时便只能当隐士。你孔子认为如今是清平世界朗朗乾坤,想跑官,自家跑就是;荷蓧丈人认为世界不清平,要"农隐",不愿让别人说自己"邦无道,富且贵焉,耻也",也该有他的自由。

四百多年前天天读《论语》,赵南星却能质疑书中的矛盾,实在难得。不过孔子还是尊重荷蓧丈人的隐者身份的,才"使子路反见之";子路在讲过一通大道理之后,仍不能不承认"道之不行,已知之矣"。古之人(从荷蓧文人到赵南星)确不可及也。

论语难解

赵南星

荷蓧丈人遭乱世而农隐,而子路以为无义,以为乱伦,然则孔子所谓无道则隐非耶,论语之文此为难解。

[学其短]

- 本文录自赵南星《闲居择言》。
- 赵南星,别号清都散客,明万历、天启时人,因反对魏忠贤被贬逐而死。
- 荷蓧丈人,见《论语·微子》,他不赞成孔子出仕,受到子路批评。

谈 读 书

[念楼读]

世间休闲适意之事，如游山水、赏胜迹、饮酒、下棋……都要有同伴，有对手。只有读书，才是纯粹属于个人的事，个人完全可以自由支配的。

读书，你可以读一整天，也可以读上一年。坐在小屋子里，你能够纵览天下；隔了上千百年，你也能晤对古人。这是任何其他赏心乐事都比不上的，只可惜世人不一定体会得到罢了。

[念楼曰]

有岛武郎说："我因为寂寞，所以读书。"读书也确实是"止须一人"来做的事。无须趁热闹，赶潮头，起吆喝，唱高腔；更无须装台面，造样板，摆形式主义的花架子。

周作人在《文法之趣味》文中说，拿一两本有趣味的书，在山坳水边去与爱人同读，是消夏的妙法。这只能是他的想象之辞，因为同读是不可能的，即使是同爱人。每个人的心智、学识和情绪不会完全相同，一本书给两个人读的感觉也不会完全相同，所谓"奇文共欣赏，疑义相与析"，亦须各具慧眼、各有会心才能做到。故图画可以同赏，音乐可以同听，戏剧可以同观，书则"止须一人"来读。宝哥哥"展开《会真记》从头细看"，林妹妹问是看什么书，他搪塞道"不过是《中庸》《大学》"，她不信，硬要瞧瞧，便只能"递了过去"给她。一人读后再给另一人读，各读各的，也就不是什么同读了。

读书本是纯粹属于个人的事，是寂寞的事啊！

天下最乐事

张岱

陶石梁曰：世间极闲适事，如临泛游览、饮酒弈棋皆须觅伴寻对，惟读书一事，止须一人可以尽日可以穷年环堵之中而观览四海千载之下而觌面古人，天下之乐无过于此，而世人不知殊可惜也。

[学其短]

◎ 本文录自张岱《快园道古》卷四。
◎ 张岱，字宗子，号陶庵，晚明山阴（今绍兴）人。
◎ 陶石梁，名奭龄，字君奭，万历年间举人，明会稽（今绍兴）人，以文有名于时。

说 现 在

[念楼读]

　　人们在生活中，对于过去，总是最为怀念，最为留恋的；对于未来，总是最多憧憬，最抱希望的；唯独对于现在，却往往最为忽视，最不要紧。

　　其实，过去的已经过去了，正如流逝的江水，纵使依依难舍，也不可能回头。未来谁也无法预测，就像明年今日的天气，想象多么晴和，却难免会来风雨。只有此时现在，才是属于你的。不管现在是顺利还是坎坷，是丰富还是困乏，你都可以去适应，去改变，去创造……

　　人如果不抓住现在，一味感伤昨日，等待明天，或者依赖别人，姑息自己，任凭大好光阴虚度，那就太可惜了。

[念楼曰]

　　孙奇逢在《清史稿·儒林传》中名列第一，第二、第三则是黄宗羲和王夫之。孔子评述弟子之所长，分为德行、言语、政事、文学四科，孙氏于后三项似均不及黄王，但他"自力于庸行"，"以慎独为宗，以体认天理为要，以日用伦常为实际"，更近于古希腊的智者哲人。

　　宋明理学也谈心性，但专门绍述圣贤，反不免迷失自我。孙奇逢于康熙三年（1664年）因《甲申大难录》受牵连时，对门人说："古来忠臣孝子、义士悌弟，只是能自作主张，学者正当在此处着力。"

　　能抓住现在，还要能自作主张，才是有意义的生活。

题 壁

孙奇逢

人生最系恋者过去,最冀望者未来,最悠忽者见在。夫过去已成逝水,勿容系也;未来茫如捕风,勿容冀也;独此见在之顷,或穷或通,时行时止,自有当然之道,应尽之心,乃悠悠忽忽,姑俟异日,诿责他人,岁月虚掷,良可浩叹。

[学其短]

◎ 本文转录自王士禛《池北偶谈》卷七。
◎ 孙奇逢,字启泰,世称夏峰先生,明清之际直隶容城(今属河北保定)人。
◎ 见,通"现"。

明 不 明

[念楼读]

　　明朝初年，在皇帝心目中，臣民的性命，连一根草都不如。并未触犯刑法，只因政治原因（其实是皇帝个人的喜怒）被冤枉杀掉的人，数也数不清。苏州知府魏观之死，尤其使我为之不平。

　　在苏州地方，都知道魏观是个好官。不必说疏浚河道，就是修理府城建筑，也是地方官该做的事。只凭一纸诬告，"兴灭国，继绝世"触犯了政治忌讳，皇上想"从严治政"，借此立威，立刻便人头落地。这种不经司法程序，无惩罚条例可依，由最高"指示"断人生死的搞法，只在最黑暗的专制统治下才会有。

　　最黑暗的统治，偏要自称"明"朝。大家想想看，它到底明不明？

[念楼曰]

　　魏观既未贪污受贿，更未残民以逞，旧府治即使不该修，修也绝非为张士诚"复国"。专制帝王，一怒即可杀人，一喜又可平反。臣民之生死，全系于一人之手。此种"清明时世"，纵能饱食暖衣，恐亦无多生趣。

　　此文抓住魏观一事，直斥"明"之不明。所谓厉行"法"治，其实法即其意志；在下者无法可对其制约，只有"接受"的份儿。作者生当雍乾文字狱极盛之时，说起"前明"来鞭辟入里，心中想着的恐怕还是"圣清"清不清。

明初冤狱

龚炜

明初芥视臣僚，以非罪冤杀者无算，予于魏苏州观之狱尤痛恨焉。魏公治郡有声，即其浚河道、修府治，亦政中所应有事，一经诬奏，致贤守才士株连蔓抄。虽极暗之世不至此，明朝之谓何。

[学其短]

◎ 本篇录自龚炜《巢林笔谈》卷五。
◎ 龚炜，字巢林，清康乾之际昆山（今属江苏）人。
◎ 魏苏州观，即明苏州知府魏观。观在苏有惠政，考绩为天下第一，已升任四川行省参政，因民众挽留复任。后却因修复旧府衙（张士诚据吴时王宫），被诬"兴灭王之基"，为明太祖所杀。

文论九篇

忌 迎 合

[念楼读]

　　吴兴的清昼和尚（皎然）会作近体诗。他去拜访大诗人韦应物，知道韦喜作古体，便在航船上用心写了十几首古诗送上，韦却不感兴趣。他很是失望，第二天只好拿出原先写作的律诗来。韦一见大喜，反复吟诵，连声说好，并对清昼说：

　　"你不把自己得意的作品拿出来，几乎将名声败坏了。为什么要学我的样迎合我呢？作诗各人有各人的风格，要改也改不了的啊。"

　　清昼和尚十分高兴，从此更加佩服韦应物对诗的眼光。

[念楼曰]

　　人们嘲笑东施效颦、邯郸学步，因为"丑女来效颦，还家惊四邻"，"学步不成，匍匐而归"，都是十分丢脸的事。皎然应该还不至于此。他去见韦应物，自然是希望得到赞赏，因为韦长于五言古诗，所以投其所好，"作古体十数篇为贽"，亦人情之常，不知却"失其故步"，将自己"工律诗"的长处丢掉了。

　　无论是作诗还是做人，模仿都是没有出息的表现；而像皎然开头那样迎合，只知顺着杆儿往上爬，则不仅没出息，还会大失其格——文格和人格。好在皎然毕竟还写得出像样的律诗，"写其旧制献之"，韦应物仍然"大加叹咏"。如今有的"作家"拿不出东西，又想高身价，自然只能一味迎合，舍得不要脸。

韦苏州论诗

赵璘

吴兴僧昼，字皎然，工律诗。尝谒韦苏州，恐诗体不合，乃于舟中抒思作古体十数篇为贽。韦公全不称赏，昼极失望。明日写其旧制献之韦公，吟讽大加叹咏。因语昼云：师几失名声。何不但以所工见投，而猥希老夫之意，人各有所得，非卒能致。昼大服其鉴别之精。

[学其短]

◎ 本文录自赵璘《因话录·角部》，原无题。
◎ 赵璘，字泽章，中唐时平原（今属山东）人。
◎ 韦苏州，即韦应物，唐诗人，时任苏州刺史。
◎ 皎然，本姓谢，唐诗僧。

意 趣 同 归

[念楼读]

　　这里的第一首,是梅尧臣写竹鸡;第二首呢,是苏舜钦写黄莺;第三首呢,是我写画眉鸟。

　　三首诗都是即兴之作。作诗时彼此并未沟通,写成一看,诗的意思和趣味却十分接近。这难道不说明,我们三个人确实意气相投、情感相通,诗的风格也是很接近的吗?

　　他俩去世后,我就没有再写,也没有人再同我来写这样的诗了。

[念楼曰]

　　梅圣俞《宛陵集》卷四《竹鸡》诗云:

　　　　泥滑滑,苦竹冈。雨萧萧,马上郎。

　　　　马蹄凌兢雨又急,此鸟为君应断肠。

　　苏子美《苏学士文集》卷八《雨中闻莺》诗云:

　　　　娇骏人家小女儿,半啼半语隔花枝。

　　　　黄昏雨密东风急,向此飘零欲泥谁。

　　欧阳修自己所作的《画眉鸟》诗见全集卷十一:

　　　　百啭千声随意移,山花红紫树高低。

　　　　始知锁向金笼听,不及林间自在啼。

　　他们三人确是"意趣同归"的好朋友,梅长欧五岁,苏小欧一岁,却都死在欧前。欧评二子诗云:"苏豪以气轹,举世徒惊骇;梅穷我独知,古货今难卖。"自谓"语虽非工,谓粗得其仿佛,然不能优劣之也。"同样是评说,也同样充满了感情。

书三绝句诗后

欧阳修

前一篇梅圣俞咏泥滑滑次一篇苏子美咏黄莺后一篇余咏画眉鸟三人者之作也出于偶然初未始相知及其至也意趣同归岂非其精神会通遂暗合耶自二子死余殆绝笔于斯矣

[学其短]

◎ 本文录自《欧阳文忠全集》卷七十三。
◎ 欧阳修，见第 7 页注。
◎ 梅圣俞，名尧臣，北宋宣城（今属安徽）人。
◎ 泥滑滑，竹鸡。
◎ 苏子美，名舜钦，北宋绵州（今四川绵阳）人。
◎ 趣，一作"辄"，本书选"趣"之意。

文章如女色

[念楼读]

　　林逋的咏梅诗，欧阳修最称赞的两句是：
　　　　清浅的池边，横斜着几枝清瘦的花。
　　　　朦胧月色中，浮动着些淡淡的香味。
我却以为：
　　　　园子里雪也下过了，梅树才慢慢地开始苞蕾。
　　　　在园外水边丛落中，却伸出了开满花的枝干。
似乎更好，不知欧公为什么却没有看上。

　　看来，文人的作品，大约也好像女人的容貌，喜不喜欢，全在于看她的人吧。

[念楼曰]

　　文章亦如女色，好恶止系于人。黄庭坚说这话，是在为女性发感慨，也是在为文人发感慨。

　　撇开这一层言外之意不说，文艺作品在人们心中引起的感受，确实是因人而异。怡红院匾额上的题字，贾宝玉说用"红香绿玉"四字，方两全其美；贾政却摇头道，不好，不好；贾元春回来，又改作"怡红快绿"了。

　　同一个人的感受，也会因时而异。郑板桥曾云，"少年游冶学秦柳，中年感慨学辛苏，老年澹忘学刘蒋"，这里似乎没有什么是非高下可分。到底是"暗香疏影"还是"雪后水边"，我看也可以各取所好。

书林和靖诗

黄庭坚

欧阳文忠公极赏林和靖疏影横斜水清浅暗香浮动月黄昏之句,而不知和靖别有咏梅一联云.雪后园林才半树,水边篱落忽横枝.似胜前句.不知文忠公缘何弃此而赏彼.文章大概亦如女色好恶止系于人.

[学其短]

◎ 本文录自《山谷题跋》卷二。
◎ 黄庭坚,号山谷,北宋分宁(今江西修水)人。
◎ 林和靖,名逋,北宋钱塘(今杭州)人。

同 时 异 时

[念楼读]

　　对于过去的人和文,可以表示同情加以赞美;对于眼前的人和文,反而特别苛刻专找岔子,看来从来如此。

　　苏舜钦去世一百多年了,当时将他和欧阳修等人视为"朋党",加以弹劾,主张一网打尽,进行无情打击的刘元瑜那一帮人,假如今天还在,见到这份诗歌手稿,恐怕也会像这样谨敬珍藏、倍加爱护吧。

[念楼曰]

　　周必大这样说,得有一个前提,就是刘元瑜辈应是能够识得苏子美诗歌和书法之美的。如果此辈但以嫉妒、举报、大批判为能,其实并不识货,那么即使"百年之后",也还会不识货,不会珍重值得珍重的东西。

　　这样的人,如今似所在多有。他们妒嫉、举报、大批判,又往往不是因为作品有什么不好,只是因为作者挡了他的路,或者不小心在什么事情上得罪了他。这种人在品格上,恐怕还不如刘元瑜。

　　周必大说"同时则妒贤嫉能,异时乃哀穷悼屈",这和表扬古人"舍得一身剐,敢把皇帝拉下马",却给眼前想学"海瑞骂皇帝"的人扣上右倾机会主义帽子,倒有异曲同工之妙。

　　有人则不然,既想攻讦"同时"的人,又怕遭报复,于是专门对张爱玲、周作人这些"异时"的人开骂,既能哗众取宠,又没什么后患,其精明远胜刘元瑜了。

跋苏子美真迹

周必大

同时则妒贤嫉能,异时乃哀穷悼屈,古今殆一律也。使刘元瑜辈见子美词翰于百年之后,则所谓一网之举安知不转为十袭之藏乎。

[学其短]

◎ 本文录自王符曾辑《古文小品咀华》,原题《跋苏子美四时歌真迹》。
◎ 周必大,号平园,南宋庐陵(今江西吉安)人。
◎ 刘元瑜,北宋谏官,曾奏劾欧阳修、苏舜钦(子美)等多人,论者以为"此小人恶直丑正者也"。

生 气

[念楼读]

　　人是活的。写意高手速写人像，眼睛鼻子不必画出来，动作和神态却活灵活现。给死人画遗像的画匠画得再逼真，再细致，因为画不出生气，画出来的则只能是挂在灵堂里的"标准像"。

　　文章也贵在有生气。如果一味要求写得细致，写得"真实"，反而不易写好。比如一个七尺大汉，只看他的背，岂不十分雄伟？若叫他转过身，那脸上的眉毛、鼻子未必长得匀称，长得匀称也未必能入画；即使画得出来，也未必能够使人觉得美。如果画成了一个呆头呆脑的泥菩萨，再高再大，又能给人什么印象呢？

[念楼曰]

　　看似一则短小精悍的画论，论的却是整个的文艺创作，尤其是写文章。

　　写得好的文章有生气，写不好便有死人气，而写得好写不好的关键，就要看是"高手"还是"拙塑匠"了。

　　高手画的人，即使无眼鼻，神情也是可爱的；拙塑匠用心装点刻画，五官俱全，还是鼻子不像鼻子，眼睛不像眼睛。事实难道不正是如此吗？

　　人是活的，人生全是活的，所以才叫生活；贵在顺其自然，尊重其自由，千万别让"拙塑匠"来"装点刻画"。死人气确实难闻，那伟然十丈的死人像，最好也不要再来塑造了。

高手画画

傅 山

高手画画,作写意人无眼鼻而神情举止生动可爱,写影人从而装点刻画便有几分死人气,诗文之妙亦尔若一七八尺体面大汉但看其背后岂不伟然,掉过脸来模模胡胡眼不成眼鼻不成鼻,则拙塑匠一泥人耳微七八尺即十丈何为.

[学其短]

◎ 本文录自傅山《霜红龛集》。
◎ 傅山,字青主,明末清初山西阳曲人。

不相同才好

[念楼读]

　　感情爆发需要大肆宣泄的时候，才有可能写出好的文章。若需要在修辞造句上下功夫，这样勉强做出来的，顶好也只能是二等品。

　　许多人都是先有题目再作文章，我则是有了文章再找题目。正好比心中伤悲才流眼泪，不会是有了眼泪才会伤悲。

　　题目是公共的，文章是自己的。所以只会有相同的题目，不该有相同的文章。

[念楼曰]

　　有这样一个笑话：从前有人去考秀才，初试文章规定要做满三百字，他无法交卷，灰溜溜地回家了。

　　妻子问他："每天读书，书上尽是字，为什么写不出三百字呢？"

　　"字倒是在我肚子里，却没法将它们串起来做成文章啊！"

　　从唐朝到清朝，读书人像这样写文章写了一千三百年。出的题目是"率兽食人"，写文章就讲率兽食人；题目是"为民父母"，文章就讲为民父母。辛辛苦苦把三百字串起来，也只能"代圣贤立言"，写出来的都是相同的意思。

　　如今科举是停开了，但考试还要考。考试之外的文字工作，也还是"命题作文"者多，写出来的也还是相同的文章。

　　相同的文章看得太久，实在看厌烦了，总想看到点不相同的才好，此亦人之常情。是的，不相同才好啊！

题目与文章

廖 燕

凡事做到慷慨淋漓激宕尽情处便是天地间第一绝妙文字。若必欲向之乎者也中寻文字又落第二义矣。世人有题目始寻文章予则先有文章偶借题目耳。犹有悲借泪以出非有泪而始悲也。题目是众人的文章是自己的故千古有同一题目并无同一文章。

[学其短]

◎ 本文录自廖燕《二十七松堂文集·山居杂谈六十五则》，原无标题。
◎ 廖燕，字柴舟，明末清初曲江（广东韶关）人。

新旧唐书

[念楼读]

我读《新唐书》,觉得它不如《旧唐书》。因为《新唐书》作者只想把"古文"写好,反而使资料性文献性削弱了。它将许多有价值的诏令、公文大量删去,虽说写到的事情有所增加,叙述同一事件的字数有所减少,"含金量"却比《旧唐书》少。

[念楼曰]

《新唐书》二百二十五卷,《旧唐书》二百卷,卷数和总的字数,前者反而更多。赵翼《廿二史劄记》卷十六云:

> 论者谓《新书》事增于前,文省于旧。此固欧宋二公之老于文学,然难易有不同者。《旧书》当五代乱离,载籍无稽之际,掇拾补辑,其事较难;至宋时文治大兴,残编故册,次第出现……据以参考,自得精详。

但王士禛对新书的批评,仍能从《廿二史劄记》中得到佐证,关于纪事的如:

> 至僧玄奘,为有唐一代佛教之大宗,此岂得无传?《旧书》列于"方伎"是矣。《新书》以其无他艺术,遂并不立传。

这便是它"远逊旧书之详雅"的地方。至于文字这一方面,则:

> 欧宋二公不喜骈体,故凡遇诏诰章疏四六行文者,必尽删之。

连徐敬业讨武后檄这样"时称绝作","传诵至今"的好文章,也都被"省"掉了,可见"文省于旧"也有流弊。

欧阳修和宋祁撰《新唐书》功不可没,刘昫、张昭远等撰《旧唐书》也功不可没,如今廿四史中两者并存,还是比较合理的。

唐书

王士禛

予尝论新唐书不及旧书。盖矜奇字句,全失本色。又制诏等文词率皆削去。虽谓事增于前,辞省于旧,远逊旧书之详雅矣。

[学其短]

◎ 本文录自王士禛《池北偶谈》卷十三。
◎ 王士禛,号渔洋,清新城(今山东桓台)人。

竹　轩

[念楼读]

某人用竹材建了座小轩，也可能是在竹林中建了座观竹的小轩，求东坡给题个匾。过了很久，才题来两个字"竹轩"。这两个字题得真妙，但也可见题名不易。

在四川参观武侯祠，见某抚台题匾，用杜句"丞相祠堂何处寻"开头四字——"丞相祠堂"，既切合，又大方，真好。

济南重修历下亭，有人题云"海右此亭古"，也是用现成的诗句，竟像为此而作，想改都不能改。

[念楼曰]

古人笔记杂录，内容常有重复，此则所记在迟于渔洋百二十年后出生的郝兰皋《晒书堂笔录》卷六中亦有记载，系据《艮斋续说》卷八云：

　　西京一僧院后有竹园正盛，士大夫多游集其间，文潞公亦访焉，大爱之。僧因具榜乞题名，公欣然许之，数月无耗，僧屡往请，则曰：吾为尔思一佳名未得，姑少待。逾半载，方送榜还，题曰"竹轩"。妙哉题名，只合如此，使他人为之，则"绿筼"、"潇碧"，为此君上尊号者多矣。

　　……余谓当公思佳名未得，度其胸中亦不过绿筼潇碧等字，思量半载，方得真诠，千古文章事业，同作是观。

文潞公即文彦博，是苏东坡同时代的人。我想，北宋时有过这么回事大约是确实的，二者不过传闻异辞罢了。而郝君结语尤妙，即作文无他诀窍，只要简单、本色，便胜过百千绿筼潇碧了。

题榜不易

王士禛

有求竹轩名于东坡者久之书匾还之，乃竹轩二字甚矣题榜之不易也。余再入蜀谒武侯庙见某中丞题榜曰丞相祠堂余深叹其大雅不可移易又吾郡重修历下亭或题其榜曰海右此亭古亦叹其确此所谓颠扑不破者也。

[学其短]

◎ 本文录自王士禛《古夫于亭杂录》卷五。
◎ 王士禛，见第 43 页注。

文 字 狱

[念楼读]

　　《孑遗录》的作者戴名世，是因为《南山集》一案而被杀的，此书亦是文字狱一罪状。它叙述桐城流寇祸乱的史事，对晚明民变的全貌和明朝灭亡的原因，都交代得清清楚楚，却又未离开桐城扯到别的地方去，确实是大手笔。难怪他自比司马迁、班固，敢于以一人之力来编明史，可惜大志未酬即遭杀害。

　　比起他来，司马迁虽然受了宫刑，却还能写成《史记》，可算是十八层地狱里头侥幸重见天日的了。

[念楼曰]

　　清王朝统治的一大罪恶是文字狱，从顺治朝起，即有吴季子充军宁古塔，金圣叹血染苏州城。康熙时庄氏《明史》一案，逮捕至二千余人，作者全家十五岁以上男丁尽行斩决，参订者十四人亦全部处死。戴名世案亦株连三四百人。雍正时汪景祺一首诗"皇帝挥毫不值钱"，即被立斩枭示；查嗣庭出了个"维民所止"的题目，也被戮尸示众，儿子处斩。到乾隆时，文字狱发案率更高，平均五个月就有一起。胡中藻作"一把心肠论浊清"，蔡显作"风雨龙王欲怒嗔"，八十六岁老翁刘翱抄录禁书，都被处死。九十多岁老诗人沈德潜退休在家，只因编选诗集收入了钱谦益的诗，刻板即被查缴解京销毁，还派官到其家查抄钱氏诗文，吓得他"惊惧而死"。

　　可叹的是，如今的顺治、康熙、雍正、乾隆，一个个都成了"光辉形象"，文字狱的记忆却早模糊了。

戴南山孑遗录

梁启超

子遗录以桐城一县被贼始末为骨干,而晚明流寇全部形势乃至明之所以亡者具见焉.而又未尝离桐而有枝溢之辞可谓极史家技术之能.无怪其毅然以明史自命而窃比迁固也所志不遂而陷大僇以子长蚕室校之岂所谓九渊之下尚有天衢者耶.

[学其短]

◎ 本文录自梁启超《饮冰室文集》。
◎ 梁启超,号任公,清末民初广东新会人。
◎ 戴名世,号南山,因《南山集》被杀。

书序十四篇

何必从严

[念楼读]

  颁行法令,是为了规范人民的行为;实施刑罚,是为了防止人们犯罪。但是,有些地方,有的时候,刑法虽不很严,维持秩序的武力虽不很足,社会还是十分安定,这是什么缘故呢?就是因为做官的自己不胡来,办事讲情理,执法能公平。看来国家要稳定,也不一定要天天"严打",事事"从严"啊!

[念楼曰]

  要进行统治,便得讲求统治之道。统治之道的精义,则在恰当地掌握"宽""严"二字。

  《左传》昭公二十年(前522年)记述郑子产的政治遗嘱云:"唯有德者能以宽服民,其次莫如猛。"猛就是严。

  子产的继任者"不忍猛而宽",于是"郑国多盗";转而用猛,"尽杀之",盗就"少止"了。孔子知道以后,深有感慨地说:

    政宽则民慢,慢则纠之以猛;猛则民残,残则施之以宽。宽以济猛,猛以济宽,政是以和。

能够照孔子说的这样做,宽严(猛)相济,统治之道得乎其中,"政是以和",就能够得到和谐了。

  但子产和孔子还忽略了一点,那就是统治执行者——官吏的重要。官若不能"奉职循理",政宽时老百姓也得不到多少实惠,从严时残民以逞的事情则会更多。

  所谓循吏,即是并不刻意追求政声政绩,却能够遵纪守法认真执法的官吏。循吏一多,社会上的乱也不会大乱。

循吏列传序

司马迁

太史公曰.法令所以导民也.刑罚所以禁奸也.文武不备良民惧然身修者官未曾乱也.奉职循理亦可以为治何必威严哉.

[学其短]

◎ 本文录自司马迁《史记·循吏列传》。
◎ 司马迁，见第3页注。

孝 与 非 孝

[念楼读]

　　孝是首要的道德，经是永恒的真理。所以《孝经》是最重要的经典，也是规范人伦最根本的准则。

　　我避难到南城山，住在岩壁下，想念先人，追慕古圣贤，于是，利用闲暇的时间，按照我所领会的孔夫子的见解，作了这部《孝经注》。

[念楼曰]

　　《孝经》为儒家基本经典之一，从汉代起即列入七经。郑玄是当时的大学者，《后汉书》本传说，玄所注七经，"几百余万言"，后来长沙（原善化）皮锡瑞作《孝经郑注疏》，收入《四部备要》，寒斋亦藏有一部。

　　《孝经》原说是曾子所作，"开宗明义章第一"的开头一句是："仲尼居。"郑注云：

　　　　仲尼，孔子字；居，讲堂也。

即使在今天，我们都知道孔子字仲尼，居这字却多半还要查字典；可见在一千八百年前，郑玄注经书，对于典籍的流传普及，确实功不可没。

　　《孝经》我没认真读过，五四时施存统作《非孝》，十多岁的我读后却十分赞成。父慈子孝，本只是家庭伦理，此乃是人性的自然流露，本不该"非"它；但传统宗法社会所提倡的"孝"，却是下对上的无条件服从，推及于政治（"以孝治天下"），统治者都成了"民之父母"，"天下无不是的父母"，老百姓只有服从的份儿，这就不能不"非"之了。

孝经注序

郑 玄

[学其短]

孝经者，三才之经纬，五行之纪纲，孝为百行之首，经者不易之称，仆避难于南城山，栖迟岩石之下，念昔先人余暇述夫子之志，而注孝经。

◎ 本文录自《全后汉文》卷八十四。
◎ 郑玄，字康成，东汉时东海高密（今属山东）人。
◎ 南城山，在山东费县，即曾子葬父处。郑玄遭黄巾之乱，避居于此。

写得漂亮

[念楼读]

　　魏王西征，我留守谯郡。其时，繁钦负责管理王府（也就是丞相府）的事务，和我在一起。他发现薛访所蓄乐队中，有个歌童的嗓子特别好，能够发出像笳管那样的高音，便在写给我的信中极力称赞他。虽不免言过其实，但繁钦的文章写得好，从那时起我便是知道的了。

[念楼曰]

　　曹丕说繁钦"其文甚丽"，就是说他的来信写得漂亮。在《昭明文选》卷四十里，此信题为《与魏文帝笺》，现节抄如下：

　　　　顷诸鼓吹广求异妓，时都尉薛访车子，年始十四，能喉啭引声，与笳同音。白上呈见，果如其言。即日故共观试，乃知天壤之所生，诚有自然之妙物也。

　　　　……及与黄门鼓吹温胡迭唱迭和，喉所发音，无不响应，曲折沉浮，寻变入节。自初呈试，中间二旬。胡欲傲其所不知，尚之以一曲，巧竭意匮，既已不能。而此孺子遗声抑扬，不可胜穷，优游转化，馀弄未尽……

　　　　是时日在西隅，凉风拂袵，背山临溪，流泉东逝，同坐仰叹，观者俯听，莫不泫泣殒涕，悲怀慷慨……

的确是写得漂亮。《典论·论文》的作者论文，自然一言九鼎。繁钦此作虽难称"经国之大业"，亦可谓"不朽之盛事"。

繁钦集序

曹丕

上西征，余守谯。繁钦从时薛访车子，能喉啭，与笳同音。钦笺还与余盛叹之。虽过其实而其文甚丽。

[学其短]

◎ 本文录自《汉魏六朝百三名家集·魏文帝集》。
◎ 曹丕，字子桓，曹操之子，建魏称帝，谥曰"文"。
◎ 繁钦，后汉时颍川人，为曹氏父子文学侍从之臣。
◎ 车子，本意是家奴。薛访车子，指薛访家一歌童。后即以车子泛指歌者。

还当道士

[念楼读]

　　张道士本来是一位隐居在嵩山之上的高人,于新旧学问均有理解,又有为国家做事的热心。老子学说只是他人生的寄托,做道士也是为了赡养父母才出家的。

　　元和九年,听说朝廷做了决定,要处理东部地区拒交国税的长官,他以为有了为国出力的机会,立刻出山建言,三次上书却都没有结果。于是他掉头回山,仍旧做他的道士去了。

　　张君临行时,京城的友人们都作诗相送,并要我为诗集写了这篇序。

[念楼曰]

　　张道士能"通古今学,有文武长材",当然不会是普通帮人家打醮做水陆道场的道士。朝廷有事,他就自告奋勇,想一试身手;上书没有结果,又"长揖而去",像韩愈这样的名士大夫还写诗作序,为他送行,可见其不简单。

　　古代士人本有"天下有道则见,无道则隐"的说法。"见"就是出场,争取出现在官场;隐就是隐藏,隐于山林、市廛都行,隐于僧寺、道观也没什么不可以。总而言之,读书人那时候还是有选择的自由的。韩愈自己送张道士的诗云:"既非公家用,且复还其私。""且复还其私",就是还当道士去。

　　我五八年划为右派后,申请自谋生活,便只能进街道工厂在"群众监督"下拖板车。曾申请到麓山寺去种菜,也不行。

送张道士诗序

韩 愈

张道士嵩高之隐者,通古今学,有文武长材,寄迹老子法中为道士以养其亲。九年闻朝廷将治东方贡赋之不如法者,三献书不报,长揖而去,京师士大夫多为诗以赠,而属愈为之序。

[学其短]

◎ 本文录自《全唐文》卷五百五十六。
◎ 韩愈,字退之,唐河阳(今河南孟州市)人,古文唐宋八大家之一。

酬唱之交

[念楼读]

长庆四年我在和州当刺史,现在的李相国那时做地方官驻南徐州。他每次写了新诗,都要用快信寄来,让我成为第一个读者,同时还一定要我同他唱和。后来彼此的工作虽然都有变动,仍然跟在邻境一样,始终没有中断过以诗相往来。

这一卷我和他两人作的诗,开始于江南,结束在川西,所以题名《吴蜀集》。

[念楼曰]

长庆四年(824年),时刘禹锡为和州刺史。和州古称历阳。行文喜欢使用古时的地名和称谓,乃是中国文人的一种习惯。

李公指李德裕。他是赵郡(今河北赵州)人,长庆二年任南徐州观察使,辖浙西江南,驻地在京口即今镇江;太和三年(829年)任成都尹、剑南西川节度使;太和五年内召,七年拜相。此人曾权倾一时,是"牛李党争"的主角。奇怪的是,牛李又都能文,都有作品传世。牛和白居易、李和刘禹锡的唱和,都可称文坛佳话。

相互唱和的诗友飞黄腾达做了宰相,这时候将两人酬唱的诗结成集子,当然是既风雅又风光的事情。但这件事情如果换由李德裕来做,似乎更得体一些,我以为。

但不管怎样,这篇小引(序文)写得既简短,又将两人"始于江南,终于剑外"的"酬唱之交"讲得清清楚楚,动情可感,全无趋附"今丞相"的痕迹,是一篇好序。

吴蜀集引

刘禹锡

长庆四年余为历阳守.今丞相赵郡李公时镇南徐州.每赋诗飞函相示.且命同作尔后出处乖远亦如邻封.凡酬唱始于江南而终于剑外故以吴蜀为目云.

[学其短]

◎ 本文录自《全唐文》卷六百五。
◎ 刘禹锡,字梦得,中唐诗人,洛阳人。
◎ 剑外,唐时称剑门以外,即剑门以南的蜀中地区。

强 词 夺 理

[念楼读]

左丘明的《国语》,气势恢宏,词句奇崛,许多人都喜欢读。但是作为史书,它的叙述颇多失实;观点同圣人的理论也不一致。读者如果只陶醉于它的文章,不能清醒地辨明是非,那就会在学术上误入歧途,偏离孔夫子的思想。因此我根据自己的观点,写成了这部《非国语》。

[念楼曰]

此文只取其简洁,思想态度则大为我所不喜。说句不好听的话,它用的简直就是从前检查官的口气,不过这些人的文章远远比不上柳宗元罢了。

《非国语》六十七节,第一节"非"的是密康公母教康公之言。康公从王出游,"有三女奔之",其母教他将三女献给周王,因为小人物多得美女,则"终必亡";康公不献,一年后果然被灭掉了。《国语》在这里不过记述了一个女色亡国的故事,柳宗元却硬要那位老母亲做道德说教,说什么"母诚贤耶,则宜以淫荒失度命其子",岂非强人所难。

史书如果"说多诬淫",当然是应该辨正的。但"不概于圣"却不是什么缺点,甚至还是它的优点。《非国语》未能考订多少原作的"诬淫",却要勉强原作者和原作中的人物"由中庸以入尧舜之道",文虽峭厉,也是强词夺理,并不可取。

非国语序

柳宗元

左氏国语.其文深闳杰异.固世之所耽嗜而不已也.而其说多诬淫不概于圣.余惧世之学者溺其文采而沦于是非.是不得由中庸以入尧舜之道本诸理作非国语.

[学其短]

◎ 本文录自《柳河东集》卷四十四。

◎ 柳宗元,字子厚,中唐时河东(今山西永济)人,古文唐宋八大家之一。

委曲求全

[念楼读]

这五卷书，我称之为《野人闲话》。"野人"就是我这个并无官吏身份的草野之民；"闲话"指它并非正式著作，而是朋友之间随便的谈话，谈的只限于民间的见闻，不涉及正经的国家大事。

这些都是在前孟氏政权统治下谈的和记的，事情也是那时的事情，却无关那时的政治。我从来就认为，国家大事和地方上的大事，自有史官们去写去记，用不着我操心。我所感兴趣的，不过是自己看到或听到的社会上流传的故事。

这些故事来自民间，体例自然比较杂乱，语言也不一定雅驯。但我希望，它们仍能使读者多少从中得到一些警悟。

[念楼曰]

此序写于宋太祖乾德三年（965年）三月十五日，时距宋兵攻入成都，蜀主孟昶投降，仅仅两个来月。

孟氏所建的这个蜀国，史称"后蜀"，以别于王氏所建的"前蜀"。序文所云"前蜀主孟氏一朝"，乃是"前政权孟氏"的意思，可见作者用词之谨慎。文中强调自己只记人（民）间闻见之事，不述朝廷规制，也是同一用心。

五代十国中，蜀国和南唐的经济和文化都是比较发达的，比梁、唐、晋、汉中央政权的朱温、石敬瑭辈对文化和文人重视得多，景焕的《野人闲话》可以为例，而委曲求全，亦可怜也。

野人闲话序

景 焕

野人者,成都景焕,山野之人也。闲话者,知音会语。话前蜀主孟氏一朝人间闻见之事也。其中有功臣瑞应朝廷规制可纪之事,则尽有史官一代之书,此则不述。故事件繁杂,言语猥俗,亦可警悟于人者录之,编为五卷,谓之野人闲话。

[学其短]

◎ 本文录自景焕《野人闲话》。
◎ 景焕,五代时后蜀成都人,后入宋。

诗 人 选 诗

[念楼读]

　　和次道同事时,他拿出家藏的唐人诗集,总共有一百多种,要我选编一部《百家诗选》(书名也是他定的)。现在诗选已经编成,想起自己为此付出的时间和精力,多少有些后悔。

　　不过,人们若要了解唐代的诗,有了这部选集,看它一遍,大概也就差不多了。

[念楼曰]

　　十多年前曾将《全唐诗》浏览一遍,初步印象是可读者不到十分之一,而吟诵不能舍去的精品则最多百分之一。如果不做研究,只图欣赏,读选本是足够了。

　　王安石自己就是一位大诗人,也是我很喜欢的宋诗作者之一。"欲知唐诗者,观此足矣",一句话便充分写出了他的自信。比起如今的人来,既要打肿脸充胖子,又要假惺惺故作谦虚,说什么"岂能尽如人意,但求无愧我心",何止高出百倍。

　　但《唐百家诗选》却不是一个成功的选本,并没有得到广大读者的认同。它和清代大诗人王士禛所选《唐贤三昧集》一样,成了"最好诗人莫选诗"的例证。以致后人编出了这样的故事:王安石拿别人藏的诗集选诗,不便用墨笔圈选,遂以指甲刻划,而力透纸背,于是"抄胥"误抄了不少本来没选上的诗。王士禛则选定一首,即在其处夹一纸条,只记下这一卷中夹了多少纸条,"抄胥"欺其不会再查看,便将所选的长诗大半换成未选的短诗了。

唐百家诗选序

王安石

余与宋次道同为三司判官时,次道出其家藏唐诗百余编,诿余择其精者次道。因名曰百家诗选。废日力于此,良可悔也。虽然,欲知唐诗者观此足矣。

[学其短]

- 本文录自王安石《临川文集》第八十四卷。
- 王安石,宋临川(今江西抚州)人,古文唐宋八大家之一。
- 宋次道,名敏求,赵州(今属河北)人,多藏书。
- 三司,盐铁、度支、户部三司,主管国家财政。

诗 与 真 实

[念楼读]

元丰初年开办军校,我祖父因为在教育部门工作,兼管过那里的事。现在军校的学制和规模,大半还是那时定下来的。祖父的遗集中还保存着有关的文稿。不过这都是百年前的事了。

侄儿陆朴研究军事,写了《闻罄录》这部专著,希望朝廷能够采用,要我写序。我的年纪已老,又从来胆小怕打仗,哪有纸上谈兵的资格。但陆朴的热心仍不能不使我感愧,便给他写了这几行。

[念楼曰]

陆游的序跋文,数量颇多,特点也很鲜明,大抵皆能言简意赅,别有情味。此文从"先太师"写到"从子"辈,叙说陆家几代人和"武学"的关系,既有"策问具载家集中",又有专著"论孙吴遗意",真可谓渊源有自。

南宋是一个积弱挨打的朝代,而士大夫偏好谈兵,表现自己的"许国自奋之志",此亦一很有意思的现象。人们常说,陆放翁"集中十九从军乐",有句如"前年从军南山南,夜出驰猎常半酣","头颅自揣已可知,一死犹思报明主",很勇敢,不怕死。在这里,他却老实承认自己"懦且老,非能知武事者",并不高唱从军乐了。两种说法不一样,这就牵涉到"诗与真实"的问题。我想,诗人在写诗时,感情总该是真实的;而更真实的,恐怕还是给自己亲侄儿写的序。

闻辔录序

陆 游

元丰初置武学,先太师以三馆兼判学事。今学制规模多出于公。而策问亦具载家集中。后百余年,某从子朴作闻辔录若干篇,论孙吴遗意,欲上之朝,且乞序于某。某懦且老,非能知武事者,朴许国自奋之志,亦某所愧也,乃从其请。

[学其短]

◎ 本文录自陆游《渭南文集》卷十五。
◎ 陆游,字务观,号放翁,南宋山阴(今绍兴)人。
◎ 先太师,陆游的祖父陆佃,字农师。
◎ 三馆,广文、大学、律学三馆,主管教育。

题 诗 难

[念楼读]

赵君重建观潮阁,完工以后,将阁上原有题诗尽可能刊印保存。有些诗失落了,无法收齐,赵君颇为遗憾。

自古以来,因题诗而使一地一物名扬天下的固然不少,但这并不在乎题诗的数量。好的诗用不着多,也实在不可能有那么多。但若不单纯从文学角度着眼,而要了解地方的政治沿革、经济发展、社会变迁、土风民俗,则材料越多越好。任何一篇作品的遗失,的确都是十分可惜的。

[念楼曰]

壁上题诗亦是中国文人的一种传统,无论是在阁上还是楼上,以至驿舍和酒店中,都可以题上几句,既展示了自己,又交结了友朋。宋江浔阳楼题反诗,更是抒发愤懑、释放压力的一种方式。

外国诗人没听说有这样到处题诗的,我想他们的钢笔或鹅毛笔无法在壁上写,写上去别人也难得看清楚,恐怕是重要的原因之一。那么,中国用毛笔蘸墨作径寸行草的书法,真可与五七言诗相结合,成为双绝。

但题诗和书法要能"绝"也难。叶适的序至今还在,观潮阁上那些诗却早被遗忘了,即使有叶适为之作序。序文不云乎,"一题一咏之工",事实上是"不能多"的;即是足以"验物情,怀土俗"的诗,也差不多。

观潮阁诗序

叶 适

赵君既成观潮阁,遍索阁上旧诗刻之。恨其遗落不尽存也。余观自昔固有因一题一咏之工而其地与物遂得以名于后矣。若是者何俟多求而势亦不能多至于阅世次序废兴验物情怀土俗必待众作粲然并著而后可以考见则其不尽存者诚可惜云。

[学其短]

◎ 本文录自叶适《水心集》卷之十二。
◎ 叶适,字正则,号水心居士,南宋时永嘉(浙江)人。

当朝的史事

[念楼读]

　　因为文献缺乏,所以在杞、宋无法考察夏、商的制度;因为档案还在,所以文王武王的事迹得以流传。可见研究当今,须先熟悉历史,"通今"和"学古"其实是一回事情。少年贾谊论政,曾说过:"没有做官的经验,看别人办公就可以了。"我觉得很对。于是便采辑本朝史事,计三百四十四则,编成了这部《今言》。

　　项家外甥是位进士,抄读以后说:"《尚书·周官》说'其尔典常作之师',就是主张用已有的法规指导行为。《汉书》大量辑录历史文献和前人的政论,也是为了以史事为师法。《今言》正可以起到同样的作用,何不与您著的《古言》一同印行?"

　　于是他就将其印成了这一册。

[念楼曰]

　　《今言》六十年来只印过一次,流传不广,所述当朝史事三百四十四条,有的却颇有意思。如第一百六十五条记:

　　　　正德年间,亲王三十位,郡王二百五十位,将军、中尉二千七百位,文官二万四百,武官十万,卫所七百七十二,旗军八十九万六千,廪膳生员三万五千八百,吏五万五千,其俸禄粮约数千万石。天下夏秋税粮,大约二千六百六十八万四千石,已出多入少……今宗室王、将军、中尉、主君凡五万余,文武官益冗,财安得不尽,民安得不穷哉!

财政收入只有这么多,而"文武官益冗",亲王、将军等成倍增加,入不敷出,民穷财尽,烂摊子就只能由李自成来收拾了。

今言序

郑晓

文献不足，杞宋无征，方策尚存，文武未坠。盖通今学古非两事也。洛阳少年通达国体尝曰不习为吏视已成事，予有取焉。述今言三百四十四条藏之故箧中。项甥子长进士录而观之曰周官师典常汉史述故事盍与古言并梓之，予不能止也。

[学其短]

◎ 本文录自郑晓《今言》。
◎ 郑晓，明嘉靖时浙江海盐人。
◎ 杞宋无征，《论语》："子曰，夏礼吾能言之，杞不足征也，殷礼吾能言之，宋不足征也，文献不足故也。"
◎ 洛阳少年，指贾谊。
◎ 项甥，郑晓的外甥项笃寿，为郑晓刻印《古言》《今言》等著作。

今昔不能比

[念楼读]

从开始读书以来,每有心得,我都把它们记下来。后来有了新的认识、新的材料,又加以修改补充。如果发现前人著作中说过了的,便将自己所记的删去。三十多年,积成了这么多卷。

《论语·子张》:"子夏曰,日知其所亡(无),月无忘其所能,可谓好学也已矣。"我不敢自称好学,但读书"日知其所无"倒是确实的,故称之为《日知录》。

愿后来的读者,能够加以检查,予以指正。

[念楼曰]

明清之际的学者之中,顾亭林(炎武)的学术地位,似乎比王船山(夫之)、黄梨洲(宗羲)还要高些。《日知录》为其一生精力所注,积三十余年,乃成一编,《四库全书总目》谓其学有本原,博赡而能通贯,故引据浩繁,而牴牾者少,非如他人知其一而不知其二者。此评价可谓极高,但若只谈这篇序文,我特别佩服的则是这两点:

第一,一部三十多卷八十余万言的大著,作者自谓"平生之志与业皆在其中",却只写了五十七个字的前言。若在今人,喜欢表襮者必会连篇累牍,至少也要用上万字做自我介绍。

第二,发现别人"先我而有者,则遂削之"。而今之学者则抄袭成风,将别人的成果"拿来"就是。在学术道德上,今昔真不能相比。

日知录前言

顾炎武

愚自少读书,有所得辄记之.其有不合,时复改定.或古人先我而有者则遂削之.积三十余年乃成一编.取子夏之言,名曰日知录以证后之君子.

[学其短]

◎ 本文录自顾炎武《日知录》。
◎ 顾炎武,明末清初昆山(今属江苏)人,学者称"亭林先生"。

以 笑 代 哭

[念楼读]

　　世界本是个笑闹的剧场，戴的戴鬼脸，跳的跳猴圈，装的装腔，献的献丑。实在看不下去了，想大哭一场，又不甘心浪费自己的眼泪；老是压抑着，那痛苦又无法麻醉我的心。

　　朋友说：苦中作乐，不正是剧场中的常态吗？

　　那么，就让我们同声一笑，或者同声一哭吧！

　　于是编了这部《笑倒》。

[念楼曰]

　　笑话本是活在人们口头上的东西，但形之于笔墨的历史亦已久长，先秦的诸子群经中材料便不少。"月攘一鸡"和"无故得百束布"的主角，看得出都是乡村市井中的人。汉时也还有东方朔现滑稽，王褒作《僮约》。后来思想渐趋统一，庙堂之上容不得开玩笑，笑话成文的就少了。

　　南宋时国势最弱，统治者最没有自信，以至朱熹对"梨涡一笑"都不能容忍，终于只能让蒙古人来做皇帝。"道统"崩溃了，元曲盛行，笑话在插科打诨中又兴盛起来。明朝"恢复中华"后，政治更黑暗，冯梦龙、李卓吾辈才来编笑话书，《笑倒》也就是卓吾老人辑编的《开卷一笑》十四卷中的一卷。

　　陈皋谟讲得很明白，他"买笑"是为了"征愁"，"笑倒"其实是"哭倒"。黑暗压迫下，有话不敢说，只好"脱裤子放屁"，发泄一通。古人长歌当哭，这就是以笑代哭。

笑倒小引

陈皋谟

大地一笑场也．装鬼脸跳猴圈乔腔种种丑状般般我欲大痛一番．既不欲浪掷此闲眼泪．我欲埋愁到底．又不忍锁杀此瘦眉尖．客曰闻有买笑征愁法子．曷效之．予曰唯唯．然则笑倒乎哭倒也．集笑倒．

[学其短]

◎ 本文录自周作人选编《明清笑话四种》。
◎ 陈皋谟，字献可，自号"咄咄夫"，晚明人。

文人打油

[念楼读]

在认真作诗的人看来,这些诗多半都不像样子,只能称之为打油诗,本来写它们也只是为了自己开开心。

不像样子,就该丢进字纸篓去;可是有时看看,还是觉得开心,于是又舍不得丢。

久而久之,这些舍不得丢的东西,居然成了一集。古人说:咱老百姓,听到讲大道理,反正甚也不懂,只会觉得好笑;如果连笑都不准我们笑,大道理就更加懒得去听了。

[念楼曰]

滑稽和诙谐是文学的一种特色,而中国文化中向来缺乏这种分子,总认为它是不登大雅之堂的东西。谐诗的作者张打油、志明和尚等,不是平民,便是僧道,若士大夫者,即使有这种才能或兴趣,也顶多偶一为之,作为游戏。

曾衍东为曾子六十七世孙,科举出身,做过知县大老爷,却好作打油诗,而且"公然一集",《哑然绝句诗》中《黄鹤楼》一首云:

楼高多少步楼梯,直上高楼远水低,
画鹤鹤飞都不见,大江东去夕阳西。

还有《下乡》一首,是写自己当官时坐轿子下乡时遇到的:

丝穗榔竿轿大乘,四围雪亮玉壶冰,
村姑不识玻璃面,纤手摸来隔一层。

文人打油,自有其意趣,诗中亦少不得此一种。

哑然绝句自序

曾衍东

七如诗句,多不成话,却又好笑,以其不成话,便当覆瓿。因其多好笑,搁在巾箱舍不得糟蹋他了。久之成堆,公然一集。古云下士闻道大笑之,不笑不足以为道。

[学其短]

◎ 本文录自曾衍东《哑然绝句诗》。
◎ 曾衍东,祖籍山东嘉祥,清嘉庆时人,自号"七如道士"。

诗话九篇

诗 中 用 典

[念楼读]

　　作诗不能完全不用典。但用典要切合此时此地此情此景，要变成自己的话说出来，使读者看不出是用典，才算得高明。御史董公左迁甘肃时，告别友人的诗中有两句：

　　　被放逐的人要向西北走，

　　　黄河水却照样往东南流。

开始都以为只是普通的叙说。后来读《北史》，见魏孝武帝往长安投靠宇文泰，在黄河边流着泪对随从说："河水仍旧向东流，寡人却要往西走。"才知董公是在用这个北朝的典故，来表现自己无可奈何的心情，不禁深为佩服。

[念楼曰]

　　五四先贤提倡文体改革，有"八不"之说，其一便是不用典。其实鲁迅那时的诗文，开篇便是"大欢喜"、"陈死人"、"首善之区"、"夜游的恶鸟"，都是成语典故。不过有的搬来时改砌了一下，和御史董公一样，做得比较高明。

　　北魏孝武帝的故事则很悲哀。他离开高欢去投宇文泰，是出虎穴入狼窝。这一点他自己亦未尝不清楚，所以在黄河边上说的话还有下半句："若得重谒洛阳庙，是卿等功也。"果然到长安半年之后，他就被宇文泰毒死了。

　　诗话实际上也是一种文学评论，但却是中国独有的文体，而且都是短文，今从王渔洋（士禛）的作品中选辑九篇。

用事

王士禛

作诗用事，以不露痕迹为高。往董御史玉虬文骧外迁陇右道，留别予辈诗云：逐臣西北去，河水东南流。初谓常语。后读北史魏孝武帝西奔宇文泰，循河西上流涕谓梁御曰：此水东流而朕西上。乃悟董语本此。深叹其用古之妙。

[学其短]

◎ 本文录自王士禛《池北偶谈》卷十二。

◎ 王士禛，见第 43 页注。

◎ 北魏孝武帝姓元（拓跋）名修，为南北朝时北魏最后的皇帝，公元 532 年至 534 年在位。

◎ 宇文泰，北魏军阀，利用孝武帝西奔，分裂北魏为东魏、西魏，旋毒死孝武帝，改立文帝，自为太师专政。其子宇文觉遂篡西魏为北周。

四句够了

[念楼读]

过去的应试诗,规定作五言六韵(两句一韵,六韵就是十二句),多则八韵,少则四韵。祖咏《终南望余雪》却只作两韵,成了一首五绝。主考怪他做得太少,他答道:

"意思已经说完,四句够了。"

后来王士源说:"孟浩然写诗全凭兴致,他宁可不写也不用平庸的语句凑数。"黄庭坚说:"诗不必写得太多太长,把心里想写的写出来了就行。"都是同样的意思。

只要意思好,写得好,又何必硬要写满多少句呢?

[念楼曰]

诗纯粹是抒发个人情感的,为了完成任务或者执行指示,是写不好的,所以"应制"和"赋得"极少有好诗。钱起《省试湘灵鼓瑟》,能写出"曲终人不见,江上数峰青",只是极个别例外。

祖咏是先有了"意思",后碰上题目,才写了这四句。还有不到四句便成佳作的,如"风萧萧兮易水寒"和"乐莫乐兮新相知",均非应试之作。钱镠的:

　　陌上花开,可缓缓归矣。

极富诗意,却不是诗。小林一茶的俳句:

　　不要打哪,苍蝇在搓他的手搓他的脚呢。

只有一句,却能得苦雨斋(周作人)和万荷堂(黄永玉)的激赏。

意 尽

王士禛

祖咏试终南雪诗云云，主者少之，咏对曰意尽。王士源谓孟浩然每有制作，伫兴而就，宁复罢阁不为浅易。山谷亦云：吟诗不须务多，但意尽可也。古人或四句或两句便成一首，正此意。

[学其短]

◎ 本文录自《池北偶谈》卷十三。
◎ 祖咏，盛唐诗人，其《终南望余雪》诗云："终南阴岭秀，积雪浮云端。林表明霁色，城中增暮寒。"

盛唐不可及

[念楼读]

　　唐宋诗人，以桃花源为题的不少，最著名的，是王维、韩愈、王安石的三篇。

　　我读韩愈的"种桃处处惟开花，川原近远蒸红霞"，王安石的"世上那知古有秦，山中岂料今为晋"，觉得意思都好，笔力也雄健。但作者总好像用全力拉硬弓，虽然弓开如满月，总免不了有些面红气喘。

　　而读王维诗，从"渔舟逐水爱山春"起，到"春来遍是桃花水，不辨仙源何处寻"，都如行云流水，自由自在，全是美的享受。

　　盛唐的最高成就，真是难得赶上。

[念楼曰]

　　恭维好作品，称之为"力作"，不知始于何人，料想王渔洋（王士禛）不会同意。我也以为，作者未必会喜欢别人多看他使尽全身气力的样子，尤其在创作的时候。

　　苦吟诗人有的自称"二句三年得，一吟双泪流"，如果不是艺术的夸张，也可说是用力作诗了。但这力只应该是心力，对月推敲、闭门觅句，当然需要付出。若无天分和情趣，不要说"捻断数茎须"捻不出好诗，就是头发胡子一把抓，霸蛮扯下一大把来，亦难充数。

　　"文章本天成，妙手偶得之。"这当然不容易，却不是光凭"力作"能"得"的。我辈凡庸，还是别"枉抛心力作词人"为好。

桃源诗

王士禛

唐宋以来作桃源行最传者王摩诘韩退之王介甫三篇.观退之介甫二诗笔力意思甚可喜及读摩诘诗多少自在.二公便如努力挽强不免面赤耳热此盛唐所以高不可及.

[学其短]

◎ 本文录自《池北偶谈》卷十四。

◎ 王摩诘等三篇，王维、王安石的诗题都叫《桃源行》，韩愈的诗题叫《桃源图》。

雪里芭蕉

[念楼读]

　　王维是大诗人，又是大画家。他画雪景，雪里的芭蕉长着大大的叶片，这实际上是不会有的。

　　他的诗也有同样的情形，比如：

　　　　九江地方的枫树啊，青了又变红；扬州的月亮，将五湖的烟水照明。

九江、扬州都是实有的地名，接下去一连串兰陵、富春、石头城，也是地名。可这些地方相隔既远，和诗中的景物、事件亦看不出有何联系。当作纪游诗或叙事诗看，有的人便觉得他写的不符合实际。

　　其实，诗和画所表现的，不过是诗人和画家心灵创造的意境，不必都要写实。王维如果只描绘人人习见的雪景，只按照旅游路线叙述地名，就不是王维了。

[念楼曰]

　　绘画不等于照相，作诗不等于写报告文学，搞文艺的人好像都能明白，但亦未必尽然。"现实主义"对于雪里芭蕉，也是很有可能审查通不过的。

　　问题看来仍在于愿不愿意承认艺术与生活的差别，讲得"文"一点也就是诗与真实的差别。古人对"理论"的理解和兴趣似远不如今人，但"飞龙在天"，"黄河之水天上来"……倒从来未被质疑，此亦今古之不同欤？

王右丞诗

王士禛

世谓王右丞画雪中芭蕉,其诗亦然。如九江枫树几回青,一片扬州五湖白。下连用兰陵镇富春郭石头城诸地名,皆寥远不相属。大抵古人诗画只取兴会神到,若刻舟缘木求之失其指矣。

[学其短]

◎ 本文录自《池北偶谈》卷十八。

◎ 一片扬州五湖白,接下去是"扬州时有下江兵,兰陵镇前吹笛声,夜火人归富春郭,秋风鹤唳石头城。……"见王维《同崔傅答贤弟》诗中。

说 苏 黄

[念楼读]

"苏东坡的诗不乏小毛病,却不能轻易批评它。就像长江大河,当然会挟带泥沙,卷起泡沫。在它的水面上,既有精美的游艇航行,也漂浮着破烂杂物。若是好环境中的一眼井泉、一处池塘、一条山涧,水当然很清,甚至没有一点杂质,但它们的规模和气势,又怎能和大江大河相比呢?"这是许彦周的评说。

"男子汉去会朋友,抬起脚便走。如果是女士们,便少不得梳妆打扮,费多少力气。这就是苏东坡和黄山谷的不同。"杜文轩也这样说。

[念楼曰]

这里说的,也就是通常所谓大家和名家的区别。苏轼毫无疑问是大家,他的作品多,读者多,议论的也多。作品多了,当然不可能首首都好;挟带的泥沙、漂浮的杂物,更难逃习水者的眼睛。但这些东西毕竟无碍江河的宽广深长,更阻滞不了波涛的汹涌澎湃。

黄庭坚的文学成就,总的说来稍逊于苏,其诗却也是大家。杜氏的评论,我以为欠妥。若将翁卷、叶绍翁等小名家拿来跟苏轼比,似更适当。"子规声里雨如烟"和"应怜屐齿印苍苔"等句,真有如"珍泉幽涧",可烹茶,可濯缨,更可欣赏。但要涤荡心胸、浮沉天地,那就只能求之于"长江大河"了。

论坡谷

王士禛

许彦周诗话云：东坡诗不可轻议，词源如长江大河，飘沙卷沫，枯槎束薪，兰舟绣鹢，皆随流矣。珍泉幽涧澄泽灵沼，无一点尘滓，只是体不似江河耳。林艾轩论苏黄云：譬如丈夫见客，大踏步便出去；若女子便有许多妆裹，此坡谷之别也。

[学其短]

◎ 本文录自《池北偶谈》卷十八。
◎ 许彦周，名顗，北宋开封府拱州（今河南睢县）人。
◎ 鹢，一种水鸟，常画在船头上，后即用它来指讲究的船。
◎ 林艾轩，名光朝，字谦之，南宋兴化军莆田（今福建莆田）人。

多余的尾巴

[念楼读]

柳宗元所作七古《渔翁》的前四句，写人在景中：

> 渔翁夜傍西岩宿，晓汲清湘燃楚竹。
>
> 烟销日出不见人，欸乃一声山水绿。

岂不是一首极妙的七绝？不知为什么要加上：

> 回看天际下中流，岩上无心云相逐。

便近乎画蛇添足了。好像记得苏东坡在谈柳诗时，也说过最后这两句可以不要，看来像一条多余的尾巴。

[念楼曰]

柳宗元为唐宋八大家之一，诗名也极高，《渔翁》又是他的代表作。王渔洋却认为后两句是累赘而将其删掉。我觉得，作为在评诗说诗时示例，渔洋的删是删得高明的，我也是能够接受的。

现在有的批评家，似乎只会对新作者新作品提意见，尤其是在这作者作品的"倾向"出了问题，或者和他有了明的暗的"过节"的时候。而对于已经有了"历史地位"的前辈们，却总是宁可恭维，不加得罪。有谁敢对"伟大作家"提意见，也立刻被同声斥为"砍旗"。观乎此，则渔洋夐乎远矣。

东坡批评《渔翁》末二句的文字，我未见到。他在《书郑谷诗》中极赞前四句，以为"殆天所赋，不可及也"，虽未明说末二句多余，意思却也十分清楚明白。

柳诗蛇足

王士禛

余尝谓柳子厚渔翁夜傍西岩宿一首末二句蛇足。删作绝句乃佳。东坡论此诗亦云末二句可不必。

[学其短]

◎ 本文录自王士禛《分甘馀话》卷一。

含　蓄

[念楼读]

　　作诗写文章，都要力求含蓄；填词作曲，也是一样。

　　词的风格，主流一派提倡婉约，秦观和李清照是最含蓄的；柳永的描写虽然曲折细致，却嫌过于铺张渲染，品格不是太高。

　　非主流一派则追求豪放，苏轼首开风气，做得最好；辛弃疾豪气更足，偶尔偏粗；刘过有几首，为显示粗豪而故作浅易，毫无蕴蓄，最为差劲。

　　学词的人，得弄明白这些区别。

[念楼曰]

　　词本是合乐的歌，专写男女之情。但写情也有高下之分，含蓄还是不含蓄，有时的确可以作为区分高下的分界线。如秦观的"郴江幸自绕郴山，为谁流下潇湘去"，李清照的"惟有楼前流水，应念我，终日凝眸"，拿来比柳永的"师师生得艳冶，香香于我情多，安安那更久比和，四个打成一个"，高下岂不分明？

　　到了苏轼，才把词当作诗来作，加上他个人的风格，言情也带几分豪气，如"纵使相逢应不识，尘满面，鬓如霜"，不作喁喁儿女态，却同样是很含蓄的。辛弃疾豪气十足，好词亦多，"老子平生，原自有金盘华屋"，便有点嫌粗。若刘过的"臣有罪，陛下圣，可鉴临，一片心"，毫不含蓄，专喊口号，便难说是好词，虽然是在歌颂岳飞。

贵有节制

王士禛

凡为诗文贵有节制.即词曲亦然.正调至秦少游李易安为极致若柳耆卿则靡矣.变调至东坡为极致辛稼轩豪于东坡而不免稍过若刘改之则恶道矣.学者不可以不辨.

[学其短]

◎ 本文录自王士禛《分甘馀话》卷二。
◎ 秦少游名观，李易安名清照，柳耆卿名永，辛稼轩名弃疾，刘改之名过，都是宋代著名词人。

创作自由

[念楼读]

胡应麟评诗，说苏东坡、黄山谷的古体诗，不学《古诗十九首》和建安七子，是他们的缺点。这个说法不对。

没有独创，便没有好的作品和好的作家。苏黄之所以为苏黄，正因为他们能不受《古诗十九首》和建安七子的束缚，别出蹊径。胡应麟这样说，简直像系住纯种赛马的蹄子，硬让它们老老实实、慢慢悠悠去驾辕拉车。

[念楼曰]

《古诗十九首》和以三曹为代表的建安诸人，确实是"五言之冠冕"（刘勰语），"几乎一字千金"（钟嵘语）。但即使如此，也不能说后人写作就必须学他们，必须走他们的路。

创作最重要的是要自由，要如天马行空，不受拘束。"作辕下驹"，车辕架着，缰绳套着，口铁衔着，鞭子抽着，主人喝骂着，只能"令行禁止"，那就没有什么自由了。

作家属于自由职业者，以文作饭，砚田无税，本应该是自由的。《十九首》作者不可考，若建安七子，虽食曹家（名为汉家，实是曹家）俸禄，不得不归曹家管，但即使是被曹家杀掉的孔融，作诗文也不必奉承曹氏父子的意旨，事先请示批准。

只有到朱元璋坐了天下，因为自己偷过东西做过和尚，缺乏自信，才会猜疑"光（头）天之下"，"为世作则（贼）"都是讽刺他，大兴文字狱。

评诗之弊

王士禛

胡应麟病苏黄古诗不为十九首建安体,是欲绁天马之足作辕下驹也.

[学其短]

- 本文录自《分甘馀话》卷四。
- 胡应麟,字元瑞,号"少室山人",明金华府兰溪人。

得其神髓

[念楼读]

　　颜之推在他的《家训·文章篇》中,很是欣赏王籍《若耶溪》诗中的两句:

　　　　树林里单调的蝉声在久久地诉说着寂寞,
　　　　忽听几声鸟叫才觉得此山中是多么清幽。

说写出了喧闹中的寂静,用的是《诗经·小雅·车攻》的写法,如:

　　　　伫听那战马在仰天长嘶,
　　　　凝望着军旗在空中飞舞。

其实《车攻》写的是军旅,王籍写的是山林,绝不相同,表现的方法却是一样。可见学古人要学其精神,得其神髓,不必袭用他的题材和字句。若仅得其皮毛,那就差劲了。

[念楼曰]

　　颜之推认为,读文学作品,最要紧的是对作者的用心要有理解。他先举出江南文士对王籍两句诗的评论,或"以为不可复得",或"言此不成语,何事于能",然后道:

　　　　《诗》云:"萧萧马鸣,悠悠旆旌。"《毛传》曰:"言不諠哗也。"
　　　　吾每叹此解有情致,籍诗生于此耳。

可谓善解人意,因为他能体贴人情,而不是拿什么"义法"来做机械的"分析"。

　　《梁书》曾为王籍列传,说他七岁能文,有集行世,可是却只有这两句流传下来。看来竹帛纸张并不能使作品不朽,能得到有理解者如颜君的赞赏,才得以流传。

勿袭形模

王士禛

颜之推标举王籍蝉噪林逾静鸟鸣山更幽.以为自小雅萧萧马鸣悠悠旆旌得来.此神契语也.学古人勿袭形模正当寻其文外独绝处.

[学其短]

◎ 本文录自王士禛《古夫于亭杂录》卷六。
◎ 颜之推,南北朝时梁人,入北齐为官,后入北周,有《颜氏家训》二十篇。
◎ 王籍,字文海,南朝梁人,《梁书》称其七岁能文。

说明文十三篇

宫门的标志

[念楼读]

　　古时候造宫门,都要在两边建筑很高的望台,作为宫门的标志。台上要能住人,在上面能观望很远,所以称之为"观"。

　　宫门之内,便是帝王的居处。臣子去见帝王得诚惶诚恐,走到这里,必须多想自己的阙(缺)失,所以又将"观"称为"阙"。

　　阙上面的楼台,涂饰庄严明亮。下面的墙壁上则画出诸方神像、异兽珍禽,显示皇室的威严和气派。

[念楼曰]

　　阙这种建筑形式,后世慢慢变样,终于消失了。北京故宫午门两侧的"阙左门"和"阙右门",只在门楣上留了个字,游人过此,大约不会再眼观鼻鼻观心地"思其所阙"了。

　　"存在决定意识"这句话,从学"猴子变人"起即已背熟。奇怪的是,阙这种东西自游牧民族南下以后即不复存在,泥马渡江只求"临安"的南宋朝廷更无力恢复古建筑,可是岳飞精忠报国,却说是为了"从头收拾旧山河,朝天阙"。再八百年后的王国维,也因"不忍宫阙蒙尘",觉得"义无再辱",捐了"五十之年"的生命。

　　作为宫门的标志,阙的象征意义,真是够大的。盖君王崇拜深入旧国民意识,阙虽已荡为丘墟,作为皇权代表的意义却依然存在。溥仪、溥杰等人的"书法作品",如今也还是很卖钱的。

阙

崔豹

阙,观也。古每门树两观于其前,所以标表宫门也。其上可居登之则可远观,故谓之观。人臣将至此则思其所阙,故谓之阙。其上皆丹垩,其下皆画云气仙灵奇禽怪兽,以昭示四方焉。

[学其短]

◎ 本文录自崔豹《古今注·都邑》。
◎ 崔豹,字正熊,西晋惠帝时渔阳郡(今北京密云西南)人,官至太傅。

煎 鱼 饼

[念楼读]

做煎鱼饼的方法是这样的：

先选用好的白鱼，整治干净，去骨刺，将肉斩碎备用。熟肥猪肉斩碎备用。

取碎鱼肉三升与碎肥猪肉一升混合，再用刀剁成细茸。加入醋五合，切细的葱和酱瓜各二合，姜末和碎橘皮各半合，鱼露三合。按食者口味适当加盐。和匀后做成大如杯口、厚约半寸的饼，入熟油锅，小火煎成暗红色，便可以食用了。

[念楼曰]

《四库全书》将《齐民要术》列为子部农家第一，"提要"引《文献通考》称其"专主民事"，贾氏序文自谓"起自耕农，终于醯醢"。"民事"即"民生之事"，食事当然居首。"醯醢"即调味品。可见中国早就讲究美食，烹调大国的称号可以居之不疑。

贾思勰在文学上似乎没什么地位，但此篇作说明文看实在写得不坏。一千二百年后袁子才撰《随园食单》，记鱼圆做法，也是取白鱼肉"斩化"，加熟猪油拌和，入微盐、葱姜汁作团，反嫌不详，文字亦不如此篇质朴可喜。

过"苦日子"时，好不容易弄点鱼肉，我也郑重其事亲自下过厨。手翻菜谱，最感为难的就是"料酒五钱、胡椒粉一分"……（如今的零点五克、一点五克更不易掌握）。心想还不如以容量记数好，如今不用升合，就用一汤匙、一茶匙计量也更易操作，在这方面还真该学学《齐民要术》。

饼炙

贾思勰

作饼炙法.取好白鱼.净治除骨取肉琢得三升.熟猪肉肥者一升细琢酢五合葱瓜菹各二合姜橘皮各半合鱼酱汁三合.看咸淡多少盐之适口取足作饼如升盏大厚五分熟油微火煎之色赤便熟可食.

[学其短]

◎ 本文录自贾思勰《齐民要术·炙法第八十》。

◎ 贾思勰,北魏末年青州益都(今山东寿光)人。

虎皮鹦鹉

[念楼读]

　　川中彭州、蜀州地方，常见一种美丽的小鸟，躯体才如人的拇指，羽毛五颜六色，头上有冠羽，就像微型的凤凰。它爱吃桐花，每年桐树开花时，群集在桐树上，桐花谢了，即难见其踪迹，因此人们叫它桐花鸟。

　　桐花鸟野生的似乎不易捕得，人工饲养的却很温驯，容易调教。常见它站立在陪酒女郎钗头上，直到酒阑席散，也不飞离。

[念楼曰]

　　　　郎似桐花，妾似桐花凤。

　　王渔洋的这两句词，不知曾勾起多少情思。

　　四川的这种小鸟，在唐时即已大大闻名。除了张鷟以外，地位和文名高得多的李德裕在《画桐花凤扇赋》的序文中，也曾这样描写过这种美丽的小鸟：

　　　　成都夹岷江，矶岸多植紫桐，每至暮春，有灵禽五色，小于玄鸟，来集桐花，以饮朝露。及花落，则烟飞雨散，不知其所往……

而它站在美人钗头的形象，尤易引人怜爱。《钗头凤》这个词牌，可能便是由此而来。

　　桐花凤现在没人提起了，我以为便是如今的虎皮鹦鹉。《瑯嬛记》说桐花凤又称"收香倒挂"。高青邱咏倒挂诗"绿衣小凤"云云，描写的形态与虎皮鹦鹉正合，但不知在四川还有没有自由活动在桐花树上的。

桐花鸟

李昉

剑南彭蜀间.有鸟大如指.五色毕具.有冠似凤.食桐花.每桐结花即来桐花落即去.不知何之.俗谓之桐花鸟极驯善.止于妇人钗上.客终席不飞.人爱之无所害也.

[学其短]

◎ 本篇录自《太平广记》卷四百六十三《禽鸟四》。《太平广记》共五百卷，李昉等撰集。

◎ 李昉，字明远，宋初深州饶阳（今属河北）人。

◎ 剑南彭蜀，今四川彭州、崇州等地。

地理模型

[念楼读]

　　沈括出使北国，行经边境时，开始在板上标记山川形势和道路旅程。为了求得准确，标记的地方都经过踏勘。随即觉得这样做显示不出地形起伏，便用糨糊调和细木屑，在板面上堆塑山脉河流，做成地形模型。但天气一冷，糨糊冻结了，便不能堆塑，于是又改用熔融的蜡来做。蜡质较轻，旅行携带也较方便。

　　后来到了边防任所，安置下来，又改用雕刻的方法，全用木制成地形模型，呈送朝廷。皇上召集宰辅大臣看了，下令边疆各州都要做了送上去，收藏在中央机关，以备讨论边防边政时用来参照。

[念楼曰]

　　沈括所制"木图"，是有记载的世界最早的地理模型。欧洲瑞士人开始做同样的事，已经到了18世纪，迟于沈括七百余年。

　　《梦溪笔谈》记点石成银、佛牙神异、彭蠡小龙诸事，亦与其他志异小说无殊；但不少观察和实验的记录，尤其是制"木图"这类实践活动，确实闪耀着科学的光芒。在沈括的头脑中，蕴藏着不逊于后来培根、笛卡儿、伽利略诸人的智慧。因而又想到，我们的墨子也生在亚里士多德之前，其分析物理的思辨水平并不逊于亚氏。何以现代科学思想和方法只能产生于泰西，赛先生要到20世纪初，才说要请到中国来呢？

木 图

沈 括

予奉使按边，始为木图，写其山川道路。其初遍履山川，旋以面糊木屑写其形势于木案上。未几寒冻，木屑不可为，又熔蜡为之，皆欲其轻易赍故也。至官所，则以木刻上之。上召辅臣同观，乃诏边州皆为木图藏于内府。

[学其短]

◎ 本文录自沈括《梦溪笔谈》卷二十五，原无题。
◎ 沈括，字存中，晚号梦溪丈人，北宋钱塘（今杭州）人。

以虫治虫

[念楼读]

　　五岭以南耕地不足,许多农民靠种柑橘为生,很怕害虫影响收成。有一种蚂蚁能克治害虫,橘树上蚂蚁一多,害虫便绝迹了。种橘的人家都需要蚂蚁,愿意出钱买,于是便出现了养柑蚁的专业户。

　　养柑蚁的方法,是先准备好猪或羊的膀胱,在里面涂抹油脂,敞开口放在蚂蚁洞旁边。等膀胱里面爬满了蚂蚁,便扎起口子,拿去卖给需要的橘农。

[念楼曰]

　　生物防治,现代农艺学上号称新技术,其实古已有之。《鸡肋编》成书于南宋绍兴三年即公元1133年,去今近九百年。当时岭南"以虫治虫"如此普及,甚至出现了专业户,可见这早已是一项成功的技术。值得研究的是,为什么后来它又失传了呢?

　　古人各类著作中,自然史和工艺技术史的材料本来就不多,尤其是其中往往夹杂些荒诞的东西,或勉强加上意识形态的说教,更加影响了科学性。像这样翔实明白的记载,要算最珍贵的了。

　　这些材料,似乎应该引起各科专门家的注意。但是如今自然科学、技术科学的学者中,大约已少有如胡先骕、张其昀、黄万里那样兼通文史的,也不知有没有看过《鸡肋编》的。

养柑蚁

庄绰

广南可耕之地少．民多种柑橘以图利．常患小虫损失其实．惟树多蚁则虫不能生故园户之家买蚁于人遂有收蚁而贩者用猪羊脬盛脂其中．张口置蚁穴旁俟蚁入中则持之而去．谓之养柑蚁．

[学其短]

◎ 本文录自庄绰《鸡肋编》卷下，原无题。
◎ 庄绰，字季裕，两宋之际清源（今福建泉州）人。

凤凰不如我

[念楼读]

　　寒号虫即经典中的鹖旦,是夜里叫着等天亮的鸟。五台山中很多,体如小鸡,却有四足,还有皮膜如翅。夏天它有一身很好看的毛,叫起来好像在自鸣得意:

　　　凤凰不如我!凤凰不如我!

到冬天毛都脱落了,光着身子挨冻,又叫道:

　　　得过且过!得过且过!

它的粪便(入药叫五灵脂)常堆积在一处,气味很难闻,外观像豆粒,有时黏结如糊如糖。采集出售的人往往掺入砂石,应选用无掺杂、润泽糖心的。

[念楼曰]

　　"禽言"从来是传统文学的一种体裁,虽然并不十分普及。但李时珍在这里记录下来的这一"禽言联句"实在是精彩绝伦,让我佩服得五体投地。

　　我们在生活中、在历史上、在舞台上,谁没见惯过在投机取巧顺利时扬扬得意;但一旦形势大变,或"树倒胡狲散",又立刻失魂落魄,那副自慰自怜的样子?虽然在他们之中,未必有几位唱得出或真能懂如此富有内涵的"禽言联句"。

　　由"凤凰不如我"直入"得过且过",刻画人情世态,却要比"姑恶"、"不如归去"等更为精彩了。

寒号虫

李时珍

盍旦,乃候时之鸟也。五台诸山甚多。其状如小鸡,四足有肉翅。夏月毛彩五色,自鸣若曰凤凰不如我。至冬毛落如鸟雏,忍寒而号曰得过且过。其屎恒集一处,气甚臊恶,粒大如豆,采之有如糊者,有粘块如糖者,人亦以沙石杂而货之。凡用以糖心润泽者为真。

[学其短]

◎ 本文录自李时珍《本草纲目》卷四十八。

◎ 李时珍,字东璧,明湖广蕲州(今湖北蕲春)人。

◎ 盍旦,即曷旦。《礼记·坊记》引诗云:"相彼盍旦,尚犹患之。"注疏云:"曷旦,夜鸣求旦之鸟也。"李时珍曰:"杨慎《丹铅录》谓寒号虫即曷旦,今从之。"

锄头的快口

[念楼读]

  凡种植作物，挖土除草，都要用锄头。无论哪种锄，窄口也好，宽口也好，都是熟铁锻打成的，但必须以生铁淋口，锄口才有刚性，才能挖掘泥土。这是制锄的诀窍。

  淋口，是先将生铁熔成铁水，趁锻件赤热时，拿铁水淋在锄口上。淋口以后，锄口还要淬火。红热的锄口淬入水中骤然冷却，表面硬度更能增加，经过修锉，用起来才会"快"。

  根据经验，锄头重一斤，淋三钱生铁水正好，少了硬度不够，过多太硬没有韧性，使用时锄口容易崩折。

[念楼曰]

  欧洲学者说《天工开物》是"中国17世纪的工艺百科全书"，大体不错。作者记述多凭实际观察而来，很少因袭陈言、掺杂迷信或加上道德的说教。这些都是古时读书人"格物"的通病，即李时珍亦未能免。

  中国用铁的历史并不是世界上最长的，但在冶炼和铸锻工艺上确有独特的创造，"生铁淋口"便是其一。现在乡下铁匠打锄头，仍然有用此法的。这实际上便是用"淋"的办法，在质软的锻铁表面加上极薄的一层硬而脆的白口铁，再通过"淬火"使其"金相"发生变化，更加符合使用的要求，现代金属工艺学将这称之为"表面处理"。

锄镈

宋应星

[学其短]

凡治地生物,用锄镈之属。熟铁锻成,熔化生铁淋口,入水淬健即成刚劲。每锹锄重一斤者淋生铁三钱为率,少则不坚,多则过刚而折。

- 本文录自宋应星《天工开物·锤锻第十》。
- 宋应星,字长庚,明江西奉新(今江西宜春)人。

灶 王 爷

[念楼读]

《淮南万毕术》中说，灶王爷每月三十日上天报告凡人的过错。段成式笔记《酉阳杂俎》也说，灶王爷有六个女儿，每月底上天去检举人家的罪行，罪重者罚短命十二年，罪轻者也总要折阳寿。

所以人们都怕灶王爷，有人每月二十四五起便吃斋念佛。其实，真心做好事，何必在这五六天；若只是为了应付月底那一天的检查，从二十四五起不又太早了吗？

[念楼曰]

《五杂俎》是明朝谢肇淛的著作，多记民间风俗和自然现象，周作人对它评价很高。这一则写灶王爷监督各家各户，定期检举揭发的情形，若和现实相对照，更有意思。

元朝时候，若干户人家得供养一位阿合马或呼图鲁，让他管着。后来办保甲，联保联坐，更为周密，随时检举揭发，并不限于月底。但统治者还不放心，若能跟玉皇大帝那样，家家派一个灶王爷，手下还有六名女将，每个老百姓日夜都有几双眼睛盯住，那才好呢。

但老百姓也有老百姓的办法，到二十四五吃几天斋，初一初二再开始打牙祭就是了。更为简便而有效的，则是送几块扯麻糖，让灶王爷甜一甜嘴（有人说是粘住嘴唇，但我想米熬的糖不会有这么大黏性），自然不会乱打小报告，人间一派祥和，上天也会高兴。

灶 神

谢肇淛

[学其短]

万毕术云．灶神晦日归天．白人罪过．酉阳杂俎云．灶神有六女常以月晦上天．白人罪状．大者夺纪．小者夺筭然则今以廿四五持斋者不太蚤计耶．

◎ 本文录自谢肇淛《五杂俎》卷之二，原无题。
◎ 谢肇淛，字在杭，明长乐（今属福建）人，万历进士。
◎ 筭，同"算"；蚤，通"早"。

珍奇的书桌

[念楼读]

巴相国出事,被抄家没收财产,抄出来的奇珍异宝多得简直无法计数。有一张书桌,桌身全部用琥珀制成。桌面上嵌一整块水晶,长宽各二尺。下面的抽屉也用水晶制成,深约三寸。屉中蓄着水,养了几条金鱼。朱红色的鱼,碧绿的水草,都像游曳在透明的空中。见到的人,无不啧啧称奇。

[念楼曰]

旧籍中所载"奇器",有些颇有工艺美术史的价值。琥珀是古代松脂的化石,拼接黏合虽然可能,但要做成严丝合缝的书桌,仍需精巧的手艺。水晶则是二氧化硅的纯净结晶体,如何加工成"方广二尺"的板材,又如何做成能蓄水的抽屉,真不可思议。

《觚賸》成书于康熙四十年(1701年)前后,这时荷兰人已将玻璃制镜带来中国,称"红毛光",也许钮琇所见者是荷兰人带来的玻璃板。但此亦是宝货,非王公贵族,断不能得。

有趣的是,诸如此类的珍奇宝物,收藏在豪门巨邸中,要不是他们窝里斗,"反腐败"揭露一部分出来,小民和文士们又怎能见到?观《天水冰山录》(记籍没严嵩家产事)、和珅抄家单、康生文革所取文物图书一览表,均不禁咋舌。好在这些东西总还保存于世,若由张献忠、杨秀清们来处理,则阿房一炬,影子也没有了。

琥珀案

钮琇

元辅巴公籍没时,宝货不可胜纪。有一书案纯以琥珀琢成,面嵌水晶方广二尺。下承以替,高可三寸,亦以水晶为之。贮水蓄金鱼数头,朱鳞碧藻,恍若丽空。见者叹为奇器。

[学其短]

◎ 本文录自钮琇《觚賸》卷四《燕觚》。
◎ 钮琇,字玉樵,清吴江(今属苏州)人。
◎ 元辅巴公,可能指巴泰。巴泰于康熙初年授大学士,康熙二十三年(1684年)去职。
◎ 替,同"屉"。

相爷名片

[念楼读]

听说严嵩当权时,谁要是能够拿一张严嵩的名片,到某家大当铺去"拜会"一次,便可以从那家当铺里得到三千两银子的酬劳。因为有了这张名片,便没有任何人敢去那里找麻烦了。

现在南京三山街上的"松茂典",就还收藏着一张这样的名片。"嵩拜"二字写的是颜体,有五寸大,把整张纸都写满了。乾隆五十四年间,我曾经在那里亲眼见过。

[念楼曰]

严嵩的字写得好,大概没有问题,北京有名的"六必居",那三个大字至今还保存着。但名片上的两个字,无论如何也值不得三千两,如果写的人不是"当国"的丞相。

得了当朝宰相的一张名片,这位老板就保足了险,合法经营也好,非法经营也好,都不怕谁会来找麻烦,"献程仪三千两",值呢!

大款靠大官当保护伞,大官则靠大款来"献程仪",看来自古即是如此,也是"传统"。

不同的是,严嵩的字确实写得好,所以他垮了台、罢了官,别人"犹藏此帖,以为古玩",如今的大官写的,只怕差得远。

需要说明一点,民国以前的名片(帖),通常都是手写的,随写随用。我所见者,也有字大两三寸的。

严嵩拜帖

姚元之

额岳斋司农云：旧闻严嵩当国时，凡质库能得严府持一帖往候者则献程仪三千两，盖得此一帖即可免外侮之患。金陵三山街松茂典犹藏此帖，以为古玩。帖写嵩拜二字，字体学鲁公，大可五寸。纸四边不留余地。乾隆四十五年曾亲见之。

[学其短]

◎ 本文录自姚元之《竹叶亭杂记》卷七。
◎ 姚元之，清嘉道时安徽桐城人。
◎ 严嵩，明袁州府分宜（今江西分宜）人，嘉靖时为相，揽权二十年，后被革职为民。

乞 巧

[念楼读]

　　七月初七人称"乞巧节"，在前一天晚上，苏州的女孩子各自将阴阳水（开水和生冷水各一半掺和）一杯搅匀，在露天底下敞放一夜，日出后晒上一阵子。然后每人各拿一根绣花针，轻轻地放在水面上，注意不使下沉；再看针映在杯底的影子像什么事物，以此来判断心灵手巧的程度。苏州人把这叫"磬巧"，大概也就是"乞巧"吧。

[念楼曰]

　　"金风玉露一相逢，便胜却人间无数"，七月初七牛郎织女鹊桥相会，这是中国少有的美的神话，很能激起女孩子们的想象和憧憬。是她们使这一天成为"女儿节"，许多风俗活动，破例全是由女儿们来办的。现存最古老的风俗志《荆楚岁时记》记载：

　　　　七月七日为牵牛织女聚会之夜。是夕，人家妇女结彩缕，穿七孔针，或以金银鍮石为针；陈瓜果于庭中以乞巧，有蟢子网于瓜上，则以为符应。

这里写到了穿针，乞巧，却没有写到水面放针的事。

　　《荆楚岁时记》成书于南朝梁时（6世纪初），《清嘉录》成书于19世纪初，苏州女儿们"磬针以验智鲁"，大概是"乞巧"风俗在这一十三个世纪中的延伸和变相。

　　男耕女织时期，针线活代表了女子的慧巧。月下穿针和水面放针，正是她们表现心灵手巧的机会。

磝巧

顾禄

七日前夕,以杯盛鸳鸯水掬和露中庭.天明日出晒之,徐俟水膜生面,各拈小针投之,使浮因视水底针影之所似,以验智鲁,谓之磝巧.

[学其短]

◎ 本文录自顾禄《清嘉录》卷七。
◎ 顾禄,字总之,清嘉道时苏州人。
◎ 磝(dú),落石也,吴人谓弃掷曰"磝"。

缩微玩物

[念楼读]

苏州人喜欢供奉财神,有种不到一尺高的小财神,精雕细刻,颇堪欣赏。手工艺人制作出来供人赏玩的,还有小型的楼台、桌椅、杯盘、衣帽、仪仗、乐器、赌具、戏具和日用杂物,都缩小到只有寸许大,称为"小摆设"。出售这种工艺品的地方,总有许多男女围观,热闹得很。

[念楼曰]

20世纪80年代初游苏州,在拙政园、沧浪亭、刘庄等处,还有人兜卖这种"小摆设",多是红木做成的小太师椅、小贵妃榻之类,大小一般只有五六厘米,也就是一寸多两寸,而接榫精密,锒嵌入微,完全是明式古董家具的缩影,十分可爱。据说制作者多已年迈,歇业多年,"改革开放"后才重操旧业,不久即将辞世,故欲购必须从速云。

将社会生活中的各种事物,"缩微"成为玩物,的确是很有意思的,外国的车船飞机模型,还有芭比娃娃,亦属此类,而苏州自明清以来即有此传统。《桐桥倚棹录》中《市廛》《工作》篇中所记绢人"多为仕女之形","又有童子拜观音、嫦娥游月宫诸戏名,外饰方舟,中游沙斗,能使龙女击钵,善才折腰,玉兔捣药,工巧绝伦"。"竹木之玩,则有腰篮、响鱼、花筒、马桶、脚盆,缩至径寸","又有宝塔、木鱼、琵琶、胡琴、洋琴、弦子、笙笛、皮鼓、诸般兵器,皆具体而微。"这些和《清嘉录》中的记载,都是玩具史的好材料。

小摆设

顾禄

好事者供小财神．大不逾尺而台阁几案．盘匜衣冠卤簿乐器博弈戏具什物亦缩至径寸俗呼小摆设．士女纵观门阗如市．

[学其短]

◎ 本文录自顾禄《清嘉录》卷八。
◎ 顾禄，见第121页注。

巧 合

[念楼读]

　　明朝崇祯年间,一度将北京西边一座城门改称"顺治门",南边一座城门改称"永昌门"。没多久"闯王"进京,年号便叫"永昌"。随后清兵入关,多尔衮保福临登上了金銮殿,纪元又叫"顺治"。崇祯改的两个名字,正好都用上了。

　　紫禁城的东边有座东华门,西边有座西华门,中间的午门民国后改称"中华门",好像预先留在那儿准备换名号似的,也可算是巧合。

[念楼曰]

　　《旧京琐记》的作者枝巢子(夏仁虎)久居北京,熟悉掌故。他知道北京的城墙和城门都是明朝修建的。永乐十九年(1421年)建成内城,设九座城门,有所谓"九门提督";嘉靖二十三年(1544年)又建成南边的外城,设七座城门。城门的名称,在明朝有过改动,入清后倒是没有再改,一直沿用下来。

　　崇祯改称"永昌门",李自成便建号"永昌";改称"顺治门",爱新觉罗家便建号"顺治",似乎是巧合。但如果说,"永昌""顺治"都是好字眼,题在城门上更加深入人心,因此便成新朝建元的首选,倒是一种合情合理的推测。

　　在读《旧京琐记》的同时,我又看了《日下旧闻考》,卷十九补辑《春明梦馀录》云:

　　　　辽之正殿曰"洪武",元之正殿曰"大明"。是后之国号年号,先见于此,谁谓非定数也。

古人说是定数,如今就只能说是巧合了。

北京城门

夏仁虎

明崇祯之际,题北京西向门曰顺治南向门曰永昌,不谓遂为改代之谶,流寇入京,永昌乃为自成年号,清兵继至,顺治亦为清代入主之纪元,事殆有先定。禁城东华西华二门对峙,然至民国则中门易为中华,亦若预为之地者,谓之巧合可矣。

[学其短]

◎ 本文录自夏仁虎《旧京琐记》卷八。
◎ 夏仁虎,南京人,清光绪举人,20世纪50年代为中央文史馆馆员。

记事文十三篇

种仇得仇

[念楼读]

　　齐懿公还是公子的时候,和邴歜的父亲争田地,没有争得赢,恨恨不已。等到他当了国君,邴歜的父亲已经死去,他仍不解恨,竟命人将坟墓掘开,斫掉死人一只脚,并且叫邴歜给自己做仆役。

　　他是一个十足的昏君,不仅滥施刑罚,还荒唐渔色。庸织的妻子长得好看,他就抢来放在后宫,又要庸织给自己赶马车。

　　当他到申池去游玩时,邴歜、庸织二人也跟去了。休息时二人到池中洗澡,邴歜故意拿鞭子敲庸织的头。庸织生气了,邴歜便对庸织道:"别人抢走你的妻子,你都不敢生气,敲敲脑壳又有什么关系呢?"

　　"这比父亲的脚被砍,仍然忍气吞声的人如何?"庸织反问邴歜道。

　　原来二人都把齐懿公种下的深仇大恨埋在心里,彼此一挑明,便再也压制不住了。于是二人杀了懿公,将尸体藏在竹林中。

[念楼曰]

　　种瓜得瓜,种豆得豆,种下仇恨应得的回报便是仇恨。延安有首歌唱得好,"谁种下仇恨他自己遭殃",齐懿公正是如此,用人不当,只不过加速了报应的到来而已。看来有权有势的人,最好还是少结点仇,曾国藩不是说过"有势不可使尽"吗?

懿公之死

刘 向

齐懿公之为公子也,与邴歜之父争田,不胜及即位乃掘而刖之,而使歜为仆,夺庸织之妻而使织为参乘,公游于申池二人浴于池,歜以鞭抶织,织怒歜曰:人夺女妻而不敢怒,一抶女庸何伤,织曰:孰与刖其父而不病奚若,乃谋杀公纳之竹中。

[学其短]

- ◎ 本文录自刘向《说苑》卷六。
- ◎ 刘向,字子政,西汉沛(今属江苏)人。
- ◎ 齐懿公,春秋时齐国国君,公元前613年至前609年在位。
- ◎ 邴歜(bǐng chù),人名。
- ◎ 女,通"汝"。

國 和 圀

[念楼读]

　　武则天做了皇帝，改了国号改年号，还要改革文字。她又迷信吉凶祸福之说，说好说坏都信，越信越要改。

　　幽州有个叫寻如意的人奏称："'國'字中间一个'或'字，大不吉利，好像暗示新国家或者会出事。不如将'或'字换成'武'字，改'國'为'圀'，一看便知是武姓的国家。"则天大喜，下令照改。刚刚改成"圀"，又有人奏称："武字放在口中，就像在坐牢，太不吉利了。"则天大惊，忙下令将"圀"再改为"圀"，意思是八方全都归于一统。

　　也许真是说好不灵说坏灵，后来唐中宗复辟，武则天果然被囚禁在上阳宫，一直到死。

[念楼曰]

　　汉字本不是随意造出来的，每个字都有它的形、音、义。"國"字从"囗"从"口"从"戈"，代表土地、人民、武装，乃是立国三要素，一望而知。改"圀"改"圀"，岂非多事。统治者害自大狂、妄想症，小民不会着急，只苦了读书写字的人。

　　后来的天王洪秀全，将口里的"或"改成"王"。人民当家后，不便称王，又在"王"旁加一点成了"国"。"玉"比"或"少三笔，算是简化。其实打字无须一笔一画打，印字也无须一笔一画印，只简化了手写的工夫。原来何不学英文日文那样，规范出一套简化的手写体就行了，能手写 and 的人自然会认得 AND 也。

则天改字

张鷟

天授中,则天好改新字,又多忌讳。有幽州人寻如意上封云:"国字中或,或乱天象,请口中安武以镇之。"则天大喜,下制即依。月余,有上封者云:"武退在口中,与囚字无异,不祥之甚。"则天愕然,遽追改令,中为八方字。后孝和即位,果幽天于上阳宫。

[学其短]

◎ 本文录自张鷟《朝野佥载》卷一。
◎ 张鷟,唐深州陆泽(今河北深州)人。
◎ 则天,姓武名曌,唐高宗之后,后自立为帝,国号周。
◎ 天授,武则天称帝后所改的年号。
◎ 孝和,唐中宗李显的谥号。

以饼拭手

[念楼读]

　　宇文士及入唐后,太宗李世民有次大宴群臣,叫他分割熟肉。宇文士及一面割肉,一面拿摆在案上的薄饼擦手上的油。

　　太宗素性节俭,对此不以为然,几次用眼盯他。宇文士及发觉了,却装作没有发觉似的,继续擦,直到将手擦干净,然后将擦手的饼卷起来纳入口中吃掉,便没事了。

[念楼曰]

　　此则叙事小文,通过从"以饼拭手"到"以饼纳口",这些看似自然平常,实在设计精巧的小动作,将宇文士及这个人察言观色随机应变的本领,刻画得淋漓尽致。

　　宇文士及原姓破野头,是鲜卑人,其父宇文述为北周重臣。隋朝统一天下后,士及当上了隋炀帝的驸马爷。其兄宇文化及弑帝自立,封他为蜀王。李渊父子起兵,他"从龙"有功,又封郢国公,拜中书令,算是政治上的不倒翁,全亏了这一套随机应变的本领。

　　饼要能用来拭手,必须又软又薄,首先得有优质面粉,而厨人做饼的手艺尤其要好。唐初去今一千四多年,当时已有如此精美的面食,研究烹饪史的人大可注意。

　　除了食物之外,用餐分食的制度,也是饮食文化史应当注意的。皇室盛宴,令大臣分割熟肉,可见当时实行的还是分餐制,不是许多双筷子在一个海碗里捞。

宇文士及割肉

刘 餗

太宗使宇文士及割肉,以饼拭手,帝屡目焉。士及佯为不悟,更徐拭而便啖之。

[学其短]

◎ 本文录自刘餗《隋唐嘉话》上,原无题。
◎ 刘餗,唐彭城(今徐州)人,著名史学家刘知幾之子。
◎ 宇文士及,隋炀帝女婿,后入唐为臣。

人不如文

[念楼读]

吴均是南北朝时著名的文人,《吴朝请集》中写战争军旅的篇什总是豪壮之气十足,如:

> 男儿不惜死,破胆与君尝。

还有:

> 不能通瀚海,无面见三齐。

但是侯景叛军渡江来,梁武帝被围困在台城,问吴均有何应敌之策时,他却只讲了一句:

"我看只有赶快投降才是办法。"

[念楼曰]

常说"文如其人",吴均写诗"慷慨",临敌"惶惧",却是人不如文,可笑亦复可怜。

但转念一想,吴均本来只是个耍笔杆子的人,皇帝被围,满朝文武,束手无策,却问他"外御之计","不知所答"也是难怪。

金庸笔下的东邪西毒武功那么高强,金庸却说他自己根本不会武术。劳伦斯写得出查泰莱夫人关不住的春色春光,他本人却并没有和任何一位伯爵夫人上过床。"人"和"文"本来未见得是一回事。我们可以同意"人归人,文归文",但写(说)一套做一套毕竟是不好的,说得太漂亮而做得不太漂亮就更不好了。

降为上计

刘 倰

齐吴均为文多慷慨军旅之意.梁武帝被围台城.朝廷问均外御之计.惶惧不知所答.启云.愚意愿速降为上计.

[学其短]

◎ 本文录自《说郛》三八。
◎ 刘倰，见第133页注。
◎ 吴均，南朝梁吴兴故鄣（今浙江安吉）人。
◎ 梁武帝，姓萧名衍，公元502年于建梁称帝，后被侯景困于台城饿死。
◎ 台城，在玄武湖侧，南朝宋、齐、梁、陈四代的宫城。

豺咬杀鱼

[念楼读]

　　武则天信佛，曾经很严厉地禁止杀生。官员们不能吃鱼吃肉，尽吃蔬菜，都吃得厌烦了。

　　御史大夫娄师德到陕西视察，吃饭的时候，厨子给他端上来一盆烧羊肉。娄问："朝廷正在禁屠，怎么会有这个啊？"

　　厨子答："是豺狗咬死的羊。"

　　"真懂事的豺狗子啊！"娄高兴地说，便将羊肉吃了。

　　接着厨子又送上来一盆溜鱼片。娄又问怎么会有鱼，厨子又答："是豺狗咬死的鱼。"

　　"蠢东西，咬死鱼的该是水獭啊！"娄骂道。厨子忙改口说，是水獭咬死的鱼。

　　骂归骂，结果娄师德还是奖赏了这个给他烧羊肉和溜鱼片的厨子。

[念楼曰]

　　这真是一篇十分精彩的叙事文。厨子不缺乏伺候老爷的经验，但毕竟是个粗人，难免有"智短"的时候。娄师德为御史大夫，等于副宰相，即使装模作样，表面上也得维护朝廷的禁令。"是豺狗咬死的羊"，"真懂事的豺狗子啊"，是无可奈何的矫饰，也是天然绝妙的诙谐。至于"豺狗咬死的鱼"和大骂蠢东西，则简直无以名之，只能称为无上妙品的黑色幽默。

娄师德

李昉

则天禁屠杀颇切,吏人弊于蔬菜.师德为御史大夫,因使至于陕,厨人进肉.师德曰:敕禁屠杀,何为有此?厨人曰:豺咬杀羊.师德曰:大解事豺.乃食之.又进鲙,复问何为有此?厨人复曰:豺咬杀鱼.师德因大叱之:智短汉,何不道是獭?厨人即云是獭.师德亦为荐之.

[学其短]

◎ 本文录自《太平广记》卷四九三,原无题。
◎ 李昉,见第105页注。
◎ 娄师德,唐贞观进士,武后时参知政事。

有 脾 气

[念楼读]

杨亿任翰林学士时，有次奉诏起草致契丹的国书，稿中写了一句"邻壤交欢"。呈请皇帝裁示时，真宗皇帝因为心里对契丹有气，便在壤字旁边批了"朽壤，鼠壤，粪壤"六个字。杨亿见到，便将"邻壤"改成了"邻境"。

第二天上朝，杨亿便提出辞呈，而且态度十分坚决，说："唐朝有规定，翰林学士为朝廷起草文字，如果有地方需要改动，即属于不称职，是应该罢免的。"

真宗皇帝拿他没办法，只好对宰相说："杨亿的文章不让改，硬是没得一点商量，这个人真有脾气。"

[念楼曰]

如今的文学史上，恐怕未必提到杨亿，就是提到，给他的评价亦未必高。但在宋真宗时，他却是御用文人的首席。"御用文人"自是贬词，但在"学而优则仕"体制中，纪晓岚、刘墉辈亦不得不为之，何况杨亿。他还能在皇帝面前保持一点"脾气"，可谓难得。因为还"有脾气"，也就是还能保持自己的独立性和人格。

北宋国力不强，常吃契丹的亏。真宗皇帝有气无处出，只好在草稿上贬之为"朽"为"鼠"为"粪"，其实这和阿Q躲着骂"秃儿"一样，是不可能也不会真写上国书的；何况杨亿用的"邻壤"一词，并无过分恭维之意，改为"邻境"，仍是半斤八两。这样乱改，难怪杨亿要甩纱帽。

学士草文

欧阳修

杨大年为学士时草答契丹书云：邻壤交欢。进草既入，真宗自注其侧云：朽壤、鼠壤、粪壤。大年遽改为邻境。明旦引唐故事，学士作文书有所改为不称职，当罢。因亟求解职。真宗语宰相曰：杨亿不通商量，真有气性。

[学其短]

◎ 本文录自《欧阳文忠全集·归田录卷第一》，原无题。
◎ 欧阳修，见第 7 页注。
◎ 杨大年，名亿，宋建州浦城（今属福建）人。

献　赋

[念楼读]

赵匡胤定都开封，重新装修了丹凤门（就是后来的宣德门）。刚一完工，留用的翰林学士梁周翰，便忙不迭地献上一篇《丹凤门赋》。

"干吗呢，写上这一大篇？"赵匡胤问身边的人。

"梁某是读书人，做文字工作的；歌颂国家的新建设新气象，是他的职责啊。"

"不就是盖个门楼吗，还值得这样吹捧？这帮酸文人也太会拍马屁了。"赵匡胤满脸瞧不起的神气，将赋往地上一丢。

[念楼曰]

御用文人及时献赋，歌颂国家的新建设、新气象，乃是他的本分，本该受到奖赏。若在乾隆一类讲求"文治"的皇帝陛下，献得不及时只怕还要受斥责，即使不开除，也会影响得大奖拿津贴。可是这次偏偏碰上了刚刚由殿前都检点做天子的赵匡胤，还不习惯这一套。拍马屁拍到了马腿上，龙马尥起蹶子来，挨的这一下可不轻。

"荃不察余之忠诚兮……"屈大夫的牢骚，想必会在挨了踢的翰林学士心中引起共鸣。

被铺天盖地的歌颂文章把眼睛看胀了的人，却肯定会为太祖皇帝这一次的英明而高兴，喊几声万岁也有可能是真心的了。

丹凤门

龚鼎臣

[学其短]

艺祖时新丹凤门,梁周翰献丹凤门赋.帝问左右何也.对曰周翰儒臣在文字职.国家有所兴建即为歌颂.帝曰人家盖一个门楼措大家又献言语即掷于地.即今宣德门也.

◎ 本文录自龚鼎臣《东原录》,原无题。
◎ 龚鼎臣,号东原,北宋须城(今山东东平)人。
◎ 艺祖,即宋太祖赵匡胤。
◎ 梁周翰,五代后周进士,入宋后为翰林学士。

树倒猢狲散

[念楼读]

　　曹咏投靠秦桧，成为秦的亲信，当上了副部长，有权有势，巴结他的人很多。他的妻兄厉德斯，却非但不来趋炎附势，反而因此和他疏远了。曹咏以为这样没有面子，便想着法子要让厉德斯也来捧场。软的硬的办法都用尽了，厉德斯就是不买账。

　　后来秦桧一死，秦党立刻失势，土崩瓦解，到曹咏府上来的人也绝迹不来了。这时厉德斯才叫人给曹咏送来个大信封，拆开一看，原来是一篇《树倒猢狲散赋》。

[念楼曰]

　　猢狲靠树吃树，对树的攀缘依附，乃是它们的天性。但这是以树的根基牢固、枝繁叶茂、果实累累为前提的，只有这样，树才能给猢狲提供吃喝玩乐往上爬的条件。如果大树一倒，对于猢狲便失去了利用的价值，猢狲们自然要另谋高就，再去攀缘依附别的大树，其"散"也就是必然的了。

　　猢狲虽属灵长科，究是畜生。其来爬也好，散去也好，均不能以人的道德求之。而人则不同，通常人情冷暖，世态炎凉，人们的同情总倾向于被冷被凉的这一方面，对势利小人则予以鄙视。这个故事却颇为特殊，被讥笑的最后只剩下一个曹咏。

　　稍觉难解的是，暴发了的老妹夫，起初何以"百般威胁"大舅哥，硬要他来捧场？难道树一大便非得要猢狲来爬吗？

不依附

庞元英

宋曹咏依附秦桧官至侍郎显赫一时。依附者甚众独其妻兄厉德斯不以为然咏百般威胁德斯独不屈及秦桧死德斯遣人致书于曹咏启封乃树倒猢狲散赋一篇。

[学其短]

◎ 本文录自庞元英《谈薮》，原无题。
◎ 庞元英，北宋单州成武（今属山东菏泽）人。

巧 安 排

[念楼读]

　　宋真宗大中祥符年间，皇宫发生火灾，灾后重建，需要取土。主管工程的丁谓，决定挖掘皇宫周围的大道，挖出土来供施工之用，这样取土的距离就近了。

　　原来的道路挖成了很宽很深的沟，引入汴河的水，便成了运输的水道，建筑需用的竹木可扎成排筏，砖瓦石料则可用船载运，从城外一直运到工地，进行施工。

　　重建完成，大量的建筑垃圾需要处理，将其填塞在沟内，水沟又恢复成了宽阔的道路。

　　丁谓一个点子，办好了三件大事，节省了上亿的工程费用，还缩短了工期。

[念楼曰]

　　《梦溪笔谈》中，确实有不少科学技术史的材料，这一条便是管理科学和运筹学实际运用的好例。

　　丁谓这个人，在历史上的名声并不好，因为他是寇准的对头；寇准为贤相，他就是奸臣了。《宋史》说"世皆指为奸邪"，但也承认他"机敏有智谋，憸狡过人"，"憸狡"自然是贬义词，但智商高总是事实，不然又怎能"一举三役"，让沈括佩服呢？

　　《宋史》还说丁谓"文字累数千百言，一览辄诵"，"尤喜为诗，至于图画、博弈、音律，无不洞晓"，可惜这些没能够保存下来，这大概是做奸臣该付出的代价。

一举三役

沈括

祥符中禁内火。时丁晋公主营复宫室。患取土远。公乃令凿通衢取土。不日皆成巨堑。乃决汴水入堑中引诸道竹木排筏及船运杂料尽自堑中入至宫门。事毕却以斥弃瓦砾灰壤实于堑中复为通衢。一举而三役济。计省费以亿万计。

[学其短]

◎ 本文录自沈括《梦溪笔谈》卷二,原无题。
◎ 沈括,见第 107 页注。
◎ 丁晋公,名谓,宋真宗时为相,封晋国公。

父 与 子

[念楼读]

  曹璨是北宋开国功臣曹彬的儿子。后来他也做了大官,此时其父曹彬已经去世,但母亲还在。

  老太太有天走进家中的库房,见到一大堆的钱,总数有好几千贯。她便将曹璨叫来,指着这些钱教训道:"你父亲在朝中官做到太师兼侍中,封了国公,在外面带兵打仗,又贵为元帅,却从没为家里弄来这多钱。看起来,和父亲比,你还差得远。"

[念楼曰]

  曹彬和曹璨父子俩儿子并不如老子的品德好。《国老谈苑》多记北宋"国老"事迹,曹家三代都可称国老,都做大官。都说高干子弟喜欢钱,但曹彬也是高干子弟,他老子曹芸在前朝也做过节度使,他自己归宋后却一直谦恭谨慎,坚持操守。宋初灭后蜀,下南唐,平北汉,他都是主帅。打了胜仗,部下将官多取子女玉帛,他则一毫不取,"橐中惟图书衣衾而已"。

  曹璨却不能同他父亲一样廉洁,虽然比起家财万贯的大贪官来,几千贯还不算太多。后来曹璨的政声也不太坏,恐怕多亏了老太太的教训监督,还是曹彬的遗泽。这曹家父子,比起后世的严嵩父子、和珅父子、孔祥熙父子来,对国家人民的祸害和他们本身后来的祸害,总还是不可相提并论的。

曹彬曹璨

王君玉

曹璨,彬之子也。为节度使。其母一日阅宅库,见积钱数千缗,召灿指而示之曰:先侍中履历中外,未尝有此积聚,可知汝不及父远矣。

[学其短]

◎ 本文录自王君玉《国老谈苑》,原无题。
◎ 王君玉,宋人,《宋史》称"夷门君玉"。
◎ 曹彬、曹璨,父子均为北宋大臣。

须 读 书 人

[念楼读]

宋太宗赵匡胤的年号，最初称"建隆"，后来改称"乾德"。

乾德三年春，宋兵攻入成都，灭了后蜀。蜀宫女有的被送入宋宫，其随带的铜镜上有"乾德四年铸"字样。赵匡胤很是诧异：今年才是乾德三年，怎么提前出现乾德四年了呢？于是他便去问陶、窦二位翰林学士。二位学士答道："四十六年前，前蜀少主王衍也曾用'乾德'作年号，这铜镜一定是那时铸的。"

赵匡胤大为佩服，从此开始重视文臣，说："看来宰相还是要用读书人。"

[念楼曰]

赵匡胤在戏台上是条红脸大汉，本来出身"骁勇善骑射"人家，完全是靠打仗的功劳，才当上后周朝的"点检"（司令官），接着就"点检作天子"了。他自己不是文人，却知道管理国务的宰相还是要用读书人，这就十分难得。

如果不用读书人，便只能用跟自己一路打仗打出来的老部下，这些人没文化，少知识，不仅不知历朝列国的年号，更不知管理经济和文教。这方面可以举出一个我亲见亲闻的例子：1951年我去某国营大矿采访，听负责人做报告总结年度生产工作，每项数字最后三位都是"010"，好生疑惑，将报告文本拿来一看，才知道他将"百分号"（%）都念成"010"了。

乾德铜镜

李心传

乾德三年春平蜀.蜀宫人有入掖庭者.太祖览其镜背云乾德四年铸上大惊.以问陶窦二内相.二人曰蜀少主尝有此号镜必蜀中所铸上曰作宰相须是读书人.自是大重儒臣.

[学其短]

◎ 本文录自李心传《旧闻证误》卷一,原无题。
◎ 李心传,宋井研(今属四川乐山),字微之。
◎ 陶窦二内相,应是陶穀、窦仪两位翰林学士。

勿 与 钥 匙

[念楼读]

　　北周常遭突厥入侵。有次定州城被围，和后方隔断了好几十里，快要守不住了。州里的行政首长孙彦高，慌忙躲进家中收藏物件的木柜子，叫仆人将柜子锁上，交代道：

　　"死死地抓紧着这片钥匙，突厥兵问你要，千万不能给他们啊！"

[念楼曰]

　　这一则简直是一个笑话，像是《笑林》和《百喻经》里的东西，而言之凿凿，有名有姓，想必是真的。就是不知道城破以后，突厥兵到底打开这个柜子没有，初见时这样想。

　　继续翻看下去，在《说郛》里又发现了写孙彦高的一条。说他在突厥围城时，先是"却锁宅门，不敢诣厅事，文符须征发者，于小窗内接入"。城破以后，他"乃谓奴曰，牢关门户，莫与钥匙"。而结果则是，"俄而陷没，刺史之宅先歼焉"。

　　《说郛》这两节，都说明辑自张鷟《朝野佥载》。但《朝野佥载》在"慎勿与"句后还有以下文字：

　　　　昔有愚人入京选，皮袋被贼盗去，其人曰："贼偷我袋，将终不得我物用。"或问其故，答曰："钥匙尚在我衣带上，彼将何物开之？"此孙彦高之流也。

不管是锁柜子还是锁宅门，"孙彦高"们最要紧的都是钥匙，必须死死抓住。据说意大利古代火山灰遗址发掘出来的古尸，也有手中还紧握着钥匙的呢！

刺史避贼

陶宗仪

周定州刺史孙彦高被突厥围城数十里。彦高乃入柜中藏,令奴曰牢掌钥匙。贼来索慎勿与。

[学其短]

◎ 本文录自陶宗仪纂《说郛》卷二引《朝野佥载》,原无题。
◎ 陶宗仪,字九成,号南村,元黄岩(今属浙江)人。

一览皆小

[念楼读]

　　清圣祖康熙皇帝登泰山，要题匾。原来想用"孔子登泰山而小天下"的典故，题"而小天下"四个字。不料提笔一挥，将而字的一横写得太低，无法再写下去了。

　　陪侍在一旁的高士奇，见到康熙皇帝不再动笔，呆呆地站在那里，心知肚明，立刻凑近去低声问道："陛下是想写'一览皆小'四个字吗？"

　　康熙一听，豁然开朗，立刻高高兴兴地题写了这块匾额——"一览皆小"。

[念楼曰]

　　高士奇既无背景，又无功名，一肩行李入京，居然成为皇帝的宠臣，参与机要，直到可以和宰相明珠争权夺利的地步，当然有他过人的本事。看了这则叙事，对他的本事应该有所了解，那真不是旁人轻易学得来的。

　　这则叙事，竟似文坛佳话，故事性强，人物动作鲜明。但深入一层看，最高统治者信手挥毫，本领不济；文学侍从先意承志，及时捉刀，却更有意思。

　　那时君王"无屎不黄金"，"放屁"也成文；文臣"时刻准备着"，准备给君王擦屁股。擦得好的如高士奇，便可以安富尊荣一辈子。

书匾额

易宗夔

高澹人随圣祖登泰山,圣祖欲书匾额,已拟定而小天下四字提笔一挥将而字一画写太低,以下难再着笔,帝正踌躇,高曰陛下非欲书一览皆小四字耶.帝欣然一挥而就.

[学其短]

◎ 本文录自易宗夔《新世说·捷悟》,原无题。

◎ 易宗夔,民国湖南湘潭人。

◎ 高澹人,名士奇,清钱塘(今杭州)人。

记人物十三篇

吸 脓 疮

[念楼读]

吴起在魏国当大将,统帅军队去攻打中山国。有一名军士生了毒疮,吴起便去殷勤照料,用嘴去吸他疮口里的脓。那军士的母亲知道了,便伤心地哭了起来。旁边的人问她道:

"将军对你的儿子这样好,你为什么还要哭呢?"

"上次注水之战,战前孩子他爸也生了毒疮,吴将军也替他吸了脓。战事一打起来,他爸就一步不停地往前冲,很快就战死了。这回吴将军又替我儿子吸了脓,这孩子还不是死定了吗?"

[念楼曰]

想用不多的笔墨刻画人物,必须抓住他最突出、最引人注意的特点,例如吴起的吮疽——吸脓疮。

用嘴为人吸脓,从溃烂的疮口中吸脓,那气味,那感觉,想必是很难很难接受的吧。只听说过有母亲施之于婴孩的,而且是濒死的婴孩,舍此再无别法,但结果仍未能挽救其生命。若施之于旁人,就只有我佛如来的大慈大悲、耶稣基督的博爱万民,才能如此。而我们的吴起却这样做了。

古之名将,首推"孙吴",这吴便是吴起。吴起杀妻求将,又曾杀"乡党笑之"者三十余人,以"猜忍"著名。猜忍之人,却能使士兵为他"战不旋踵而死",其办法便是为士兵吸脓。吸了一个又吸一个,吸得个个都愿为他而死。一将功成万骨枯,万骨枯了,他就"功成",成了名将。

吴起为魏将

刘向

[学其短]

吴起为魏将攻中山,军人有病疽者,吴子自吮其脓,其母泣之,旁人曰:将军于而子如是,尚何为泣?对曰:吴子吮此子父之创而杀之于注水之战,战不旋踵而死,今又吮之,安知是子何战而死,是以哭之矣。

◎ 本文录自刘向《说苑》卷六。
◎ 刘向,见第 129 页注。
◎ 中山,战国时国名,位于今河北定州、平山一带。

高下自见

[念楼读]

　　东晋名人祖约和阮孚，一个好积存钱币，一个爱料理木屐，都耗费了不少的时间和精力。这本来只是他俩个人的事情，别人不会管，更不会去评论谁高谁下。

　　直到有一次，人们去看祖约，他正在数钱，听说客来，慌忙收拾。来不及收进去的两只小竹箱，只好用身子遮着，在客人面前左遮右挡，显得很不自然。

　　又有人去看阮孚，他也正在给木屐上蜡，却仍然从从容容地吹着火，一面还发着感慨："人生一世，真不知能穿得几双木屐啊！"

　　从此在人们心目中，他俩便分出了高下。

[念楼曰]

　　生年不满百，本穿不了几双木屐。后人诗如"山川几两屐"，"岁华正似阮孚屐"，对此都深有感触。盖人生多艰，能够欣赏一点自觉美好的事物，暂时忘却尘世的烦忧，便是生活艺术的高境界，亦易得到理解和同情。

　　有点爱收藏之类的癖好，为累亦不多。若不是想在公众面前装出不玩物丧志的模样，又何必把本可大大方方做的事情，搞成一副见不得人的样子。祖约的表现，确实只能"落败"。

　　木屐现在东洋还在穿，西洋荷兰的木鞋亦仿佛近之。湖南过去也有"湘潭木屐益阳伞，桃花江的妹子过得拣（读如赶）"的谚语，今则此物作为国粹似已完全消失矣。

祖阮得失

裴启

祖士少好财,阮遥集好屐,并常自经营。同是一累而未判其得失。人有诣祖,见料视财物,客至屏当未尽,余两小簏以置背后,倾身障之,意未能平。或有诣阮,正见自吹火蜡屐,因叹曰:未知一生当着几两屐。神色闲畅。于是胜负始分也。

[学其短]

◎ 本篇录自裴启《语林》辑本,原无题。

◎ 裴启,字荣期。东晋初河东闻喜(今属山西)人。

◎ 祖士少,名约,东晋人,为祖逖之弟,祖逖死后,祖约继任刺史,后叛奔北朝,被杀。

◎ 阮遥集,名孚,东晋人,为阮籍侄孙。

牛头马面

[念楼读]

　　武则天建立"大周",厉行镇压,重用刑部侍郎周兴,提拔其为尚书左丞。周兴大搞刑讯逼供,务求置人于死地,杀了好几千人。审讯时犯人受不了各种酷刑,喊冤枉喊得惊天动地,时人都将他比作阴曹地府的牛头马面。周兴为了反击舆论,公然在办公楼前贴出一张公告:

　　"犯人被审问时,没有一个不喊冤枉的;砍掉脑壳以后,就没一个再喊冤枉了。"

[念楼曰]

　　在武则天任用的酷吏中,来俊臣出身市井无赖,索元礼是"胡人",侯思止"贫懒不治业,为渤海高元礼奴",只有周兴"少习法律",算是被"结合"的老政法干部。所以尽管周兴努力学做牛头马面,大张旗鼓地砍脑壳,大张旗鼓地做宣传,还是当不上一把手。结果被交付来俊臣审查,被他"请君入瓮"了。

　　周兴在贴出他精心撰写的公告时,肯定是满腹豪情、满脸喜色的,因为这是在为"大周"镇压反革命,砍脑壳自然越多越好,越多越有功,何况自己还会写四言诗做宣传,肯定会受上赏。殊不知"大周皇帝"要的只是巩固武氏政权,李唐旧臣自须多杀,错杀乱杀亦无妨;但"好皇帝"的名声还是要的,牛头马面的恶名只能由周兴来背,必要时还得杀掉他"以平民愤"。

周兴残忍

张鷟

周秋官侍郎周兴,推劾残忍,法外苦楚,无所不为,时人号牛头阿婆,百姓怨谤。兴乃榜门判曰:被告之人,问皆称枉,斩决之后,咸悉无言。

[学其短]

◎ 本文录自张鷟《朝野佥载》卷二,原无题。
◎ 张鷟,见第131页注。
◎ 周兴,唐长安(今西安)人。
◎ 周,此指武则天建立的周朝,史称"武周"。
◎ 牛头阿婆,应作"牛头阿旁",地狱中的恶鬼。

英雄本色

[念楼读]

英国公李勣，曾经这样介绍自己的一生：

"我十二三岁便是个流氓，当了土匪。那时候糊里糊涂的，见了人就杀。

"十四五岁时，已经成了个出名的恶强盗，无论是谁，只要瞧着不顺眼，没有不被我杀掉的。

"十七八岁开始造反，学做好强盗，上阵打仗才杀人。

"二十岁当了大将，要夺天下，从此带兵作战，就是为着解放人民群众了。"

[念楼曰]

李勣原名徐世勣，字懋功，"瓦岗寨"中的徐茂公便是他，当过李世民的总司令（行军大总管）和副首相（开府仪同三司同中书门下）。有胆量承认自己流氓土匪出身的历史，是其坦白可爱处，亦英雄本色也。

他的话要言不烦，总结了"农民起义"的四个阶段：先从请人吃板刀面开始，练基本功。成了团伙，明火执仗，算是揭竿而起，势必乱杀多杀。造火并出头，稍成气候，看到了造反的前途，才会慢慢开始讲点纪律，"学做好强盗"。等到野心升格为"大志"，想要开国平天下，那就得立大旗颁口号了。

李勣是胜利通过了四个阶段的成功者。李自成功败垂成；洪秀全连"好强盗"都算不上；义和拳请黎山老母下凡，便只能算邪教，不成气候。

英公言

刘悚

英公尝言：我年十二三为无赖贼，逢人即杀。十四五为难当贼，有所不快者无不杀之。十七八为好贼，上阵乃杀人。年二十便为天下大将，用兵以救人死。

[学其短]

- 本篇录自刘悚《隋唐嘉话》上，原无题。
- 刘悚，见第133页注。
- 英公，即李勣，唐朝开国元勋，封英国公。

听其自然

[念楼读]

　　裴度任门下省侍郎时,到吏部考察官吏,对同去的给事中(官名)道:"你我还不是因为机会好,才侥幸能到这样的地位;今天来考察别人,多给他们一官半职,也是应该的。"于是审核一概从宽,尽量不"卡"人。

　　后来他当了宰相,封晋国公,地位崇高,处事严正,但待人接物仍很随和。老了也不信邪不信气功,不忌口不吃补药,常常这样做自我介绍:

　　"荤菜素菜,来啥吃啥;生老病死,听其自然。"

　　这几句话,很可以看出他的思想、见识和气量。

[念楼曰]

　　一个人的气量和器识,从他对待死的态度上,最能够看得出来。有的人临死还记恨别人,咬牙切齿说什么"一个也不宽恕";有的人被抬去抢救时,念念不忘的仍是自己的政治地位,高声大叫以明心迹……他们都死得太累了,当然比起死不放心小老婆谁来养、崽安排什么官的诸公来,还要好看一点。

　　生老病死,佛家所谓"四苦"。生来会老,会病,会死,这是秦始皇汉武帝也不能例外的。故最好的生活方式,便是学裴度这样听其自然,勿倒行逆施以促其死,亦勿服食求仙妄冀长生,"鸡猪鱼蒜"还是"逢着则吃"为好。且不说回龙汤、活蚂蚁吞起来太恶心,四五点钟起床上马路去长跑也是可怜无补费精神也。

裴晋公

赵 璘

裴晋公为门下侍郎,过吏部选人官,谓同过给事中曰:吾徒侥幸至多,此辈优与一资半级,何足问也。一皆注定,未曾限量。公不信术数,不好服食。每语人曰:鸡猪鱼蒜,逢着则吃;生老病死,时至则行。其器抱弘达,皆此类。

[学其短]

◎ 本文录自赵璘《因话录·商部上》,原无题。

◎ 赵璘,见第 31 页注。

◎ 裴晋公,裴度,唐闻喜(今属山西)人,元和中为相,平吴元济后封晋国公。

靴　价

[念楼读]

　　老一辈中熟悉五代时掌故的人，给我讲过冯道、和凝的一件事。那是他俩同在中书省当宰相的时候，和凝有回见冯道穿了双新靴，便问他道：

　　"您这双新靴子是多少钱买的？"

　　"九百。"冯道举起左脚，这样答道。

　　和凝是个急性子，一听就火了，回头便呵责自己的随从："我的怎么要一千八？"骂个不停。冯道在一旁好像插不上嘴，过了一会儿，才向和凝举起自己的右脚，慢吞吞地说：

　　"这一只也是九百。"听者无不大笑。

　　老辈说，五代时便是这样，连宰相都开玩笑，大小官员还会认真办事吗？

[念楼曰]

　　此文叙述生动，但末尾的评论却是蛇足。即使都在严肃认真地办事，上班前后同事之间偶尔开点无伤大雅的玩笑，调节一下紧张的空气，也是有益无害的。何况在改朝换代像走马灯一样的时候，不断地表忠、紧跟都来不及，玩"黑色幽默"又不免有讥谤朝政之嫌，若是连这类小玩笑都不能开，岂不令人窒息？

　　标榜忠于一姓的人常苛责冯道，其实冯道在那时候还是为保护经济文化做了不少好事的，如校印"监本九经"即是其一。开开小玩笑，恐怕也是他应付时局的一种方法。

冯道和凝

欧阳修

故老能言五代时事者云，冯相道和相凝同在中书，一日和问冯曰：公靴新买，其值几何？冯举左足示和曰：九百。和性褊急，遽回顾小吏云：吾靴何得用一千八百？因诟责久之。冯徐举其右足曰：此亦九百。于是烘堂大笑，时谓宰相如此，何以镇服百僚。

[学其短]

- 本文录自欧阳修《归田录》卷一，原无题。
- 欧阳修，见第7页注。
- 冯道、和凝，五代后晋时同为宰相。
- 中书，唐五代时的中书令就是宰相，办事机构叫中书省，都可以简称"中书"。

胡　铨

[念楼读]

胡铨主战，上书请斩秦桧，停止与金议和。金国用一千两银子的重价，买得胡铨上书的抄本。看了以后，君臣相顾失色道：

"南朝还有人呢！"

如果宋高宗当时能采纳胡铨的上书，金国利用秦桧使得南宋求和的打算便落空了。

直到孝宗即位以后，金国使臣来临安，还要问："胡铨现在在哪里？"

怪不得张浚要说："秦太师执政二十年，只造就了一个胡铨。"

[念楼曰]

胡铨上书请斩秦桧，是南宋反对议和的最强音。时在高宗绍兴八年（1138年），宰臣秦桧决策主和，金使来以"诏谕江南"为名。胡铨上书激烈抨击秦桧和参知政事孙近、赴金专使王伦，"愿断三人头，竿之藁街……不然，臣有赴东海而死尔，宁能处小朝廷求活耶。"书上，铨被"除名编管"，舆论为之不平。有人将其书传抄刊刻，"金人募之千金"。

当时国家的元首是宋高宗，政府的总理是秦桧，与金人议和是高宗和秦桧定下的国策。胡铨敢于对执政大臣的根本政策提出不同意见，公开激烈地攻击执行人，颇有现代政治中反对派的气魄。"秦太师专柄二十年"，并没有剥夺他的言论自由，也是十分难得的。

斩桧书

罗大经

胡澹庵上书乞斩秦桧,金虏闻之,以千金求其书,三日得之,君臣失色,曰:南朝有人,盖足以破其阴遣桧归之谋也。乾道初,虏使来,犹问胡铨今安在。张魏公曰:秦太师专柄二十年,只成就得一胡邦衡.

[学其短]

◎ 本文录自罗大经《鹤林玉露》甲编卷六。
◎ 胡铨,字邦衡,号澹庵,南宋庐陵(今江西吉安)人。
◎ 罗大经,字景纶,南宋庐陵(今江西吉安)人。
◎ 秦桧,字会之,南宋江宁(今南京)人。
◎ 张魏公,即张浚,南宋绵竹(今属四川)人,封魏国公。
◎ 乾道,宋孝宗年号。

更 快 活

[念楼读]

梅询在朝中当翰林学士,有天交来叫他起草的文件特别多,又特别费斟酌。他忙得头昏脑涨,搁下笔想出外走走,手里还拿着正在修改中的文稿,出房门便见一个老兵躺在那里晒太阳,正伸着懒腰。

"多快活啊!"梅询感叹道,接着便和颜悦色地问那老兵,"你认识字吗?"

"不认识字。"老兵答道。

"那就更快活了。"

[念楼曰]

翰林学士属于最高级的秀才班子,是国家元首的身边工作人员,其地位、待遇比老兵何止高出百倍。可梅询却说在阳光下伸懒腰的老兵比自己"更快活",而且还是发自内心的感叹,并不是在镜头前装出的样子。

是快活还是不快活,在梅询看来,关键在于识字还是不识字,古人也有过"人生识字忧患始"的感慨,难道识字真是一切苦恼的根源吗?我看坏就坏在识字稍多就会要思想,尤其在用文字笔墨为统治者服务的时候,如何体会圣心紧跟旨意,怎样风来随风雨来随雨,还得在明明没有道理的事情上说出个道理来,都得挖空心思用尽脑力,又如何快活得起来呢?当然只能够羡慕老兵在太阳底下伸懒腰了。

梅询

谢肇淛

梅询为翰林学士,一日书诏颇多,属思甚苦,操觚巡阶而行,忽见一老卒卧于日中,欠伸甚适,梅忽叹曰:畅哉快活也。徐问曰:汝识字否。曰:不识字。梅曰:更快活也。

[学其短]

◎ 本文录自谢肇淛《五杂俎》卷之十六,原无题。

◎ 谢肇淛,见第115页注。

◎ 梅询,北宋宣城(今属安徽)人。

洗 马

[念楼读]

　　古时朝廷设有"太子洗马"一职，后世詹事府的主官也有称"洗马"的，都是相当于副部级以上的高官。

　　杨文懿公以吏部侍郎兼詹事府告假还乡，在路上住驿所时，自称"洗马"。所长见杨公毫无大官的派头，以为"洗马"真的只管洗马，同自己一样是个芝麻官，便问杨公：

　　"你负责洗马，一天要洗多少匹马？"

　　杨公无法回答，只好随口说道："勤快就多洗，不勤快就少洗，没有一定的。"

　　此时忽说有位御史要来住，所长便叫杨公腾房。杨公说："等大人一到我就腾。"

　　御史一到，见了杨公，纳头便拜。所长这才慌了张，跪求恕罪，杨公一笑置之。

[念楼曰]

　　据说招待所长亦须选机伶人，看来确实如此。这里有趣的是杨公的幽默感，若他跟报载的某市长一样，没给安排总统套房便破口大骂其娘，就写不出引人发笑的文章了。

　　人分三六九等，也以在公家接待场合最为显明。杨公原被视为小官，御史老爷来了便得腾房；后来被视为大官了，招待所长又对他磕头如捣蒜。曾见名片上印着"享受正厅级待遇"，觉得何必如此，现在想想，也许还是有必要的。

杨文懿公

张岱

杨文懿公守陈,以洗马乞假归行次一驿,其丞不知为何官,与之抗礼且问公曰:"公职洗马,日洗几马?"公曰:"勤则多洗,懒则少洗。"俄而报一御史至,丞乃促公让室。公曰:"此固宜然,侍其至而让未晚。"比御史至,则公门人也,长跽问起居。丞乃蒲伏谢罪,公卒不较。

[学其短]

◎ 本文录自张岱《快园道古》卷一,原无题。
◎ 张岱,字宗子,号陶庵,明末山阴(今绍兴)人。
◎ 杨文懿公,名守陈,字维新,明弘治时为吏部右侍郎,后兼詹事府,卒谥"文懿"。
◎ 洗马,汉代太子少傅属官有太子洗马。后世设司经局、左春坊,皆洗马领之。明代詹事府官,亦称"洗马"。

又哭又笑

[念楼读]

　　董默庵原任左都御史（从一品），后被明珠排挤，外放去当两江总督（正二品）。都察院有位御史，听说长官要调，特来董府问候，刚落座就放声大哭，一副难舍难分的样子。董不禁为之感动，在座的旁人，则不免觉得有些奇怪。

　　这位御史老爷告辞了董，立刻又赶往阿附明珠新当上相国的余国柱府上去，进门一揖后便哈哈大笑。余问他为什么乐成这样，他说："董某某已经调走，您的眼中钉拔去了呀！"

　　此事在京城传开，官场上的人都觉得此人太会变脸，太可怕了，结果他的官也没能做久长。

[念楼曰]

　　选官若只凭上司意旨，做官若只为富贵功名，下属势必成为长官的跟班。《西厢记》中书童对张生说的"相公病了，我不敢不病呀"，此类台词便不难听到。而官场多变，又不得不随时寻觅新门路，预找新后台。某御史大哭大笑，切换迅速，胜过了川剧的变脸，比《西厢记》书童的表演更为精彩，所谓"当面输心背面笑"者非耶？只可惜观众多了些，传播开来，遂罹物议，若是关起门来单向长官一人哭或笑则妙矣。

　　《清史稿》说董讷"为政持大体，有惠于民"。余国柱则党附明珠，"一时称为余秦桧"。都御史职司监察，成为明珠一党的眼中钉也理所当然。

御史反覆

王士禛

平原董默庵讷，以御史大夫改江南江西总督。有某御史者造之，甫就坐，大哭不已。董为感动，举座讶之。某出，旋造大冶相余佺庐国柱入门揖起，即大笑。余惊问之，对曰：董某去矣，拔去眼中钉也。京师传之，皆恶其反覆。未几罢官。

[学其短]

- ◎ 本文录自王士禛《古夫于亭杂录》卷一。
- ◎ 王士禛，见第 43 页注。
- ◎ 董讷，字默庵，清山东平原人，康熙二十六年（1687 年）以左都御史调两江总督。
- ◎ 余国柱，号佺庐，清湖广（今湖北）大冶人，康熙二十六年以户部尚书授武英殿大学士，二十七年革职。
- ◎ 拔去眼中钉也，《新五代史》说赵在礼罢官，人相庆曰"拔去眼中钉也"。

性 情 中 人

[念楼读]

　　严感遇是乌程地方的人，年轻时以豪爽出名。他的行为举止，常人往往不能理解。比如说，他曾笼养过一只白鹊子，随身总带着它；后来鹊子死了，他竟哭了好几天。

　　严感遇老来穷困，住在偏僻山村，饿着肚子还在作诗。有一回，友人见他断了炊，送他一块银子去买米。他到市上，见到心爱的小玉器，便不买米了，将小玉器买回来摩弄不已，直到饿得倒卧在地上。

[念楼曰]

　　张岱说："人无癖不可与交，以其无深情也；人无疵不可与交，以其无真气也。"像严感遇这样的人，应该是有深情又有真气的了。

　　有深情、有真气，便是真正的性情中人，可惜的只是严君太穷了。本文中所写到的这两件事，养鹊鸟、玩玉器，如果发生在贾宝玉、杜少卿身上，都可以算得上是佳公子和真名士的"雅人深致"。他们不差钱，小玉器买得再多，亦不至于受饿。正因为如此，严君的名士气就显得更为真切。

　　古所谓书痴、石痴……今之爱收藏、集邮……如果动机全出于性情，行事不妨碍别个，亦可视之为严君一流。多几个这样的性情中人，便会少一点庸俗，少一点低级趣味，对于社会生活来说，真不是什么坏事。

严感遇

王士禛

严感遇,乌程人,少豪宕,举止与俗异。尝畜一白鹊,行止与俱,鹊死,哭之数日。老而贫,居山中穷僻处,忍饥赋诗,一日米尽,友人遗白金一饼,携之市,米遇小汉玉器,辄买以归玩弄之,饿而僵仆几绝。

[学其短]

◎ 本文录自王士禛《池北偶谈》卷十一。
◎ 王士禛,见第43页注。
◎ 乌程,旧县名,民国并入吴兴,今属浙江湖州市。

不讲排场

[念楼读]

　　戴金溪先生名敦元,他官做得大,却生性淡泊,不喜欢繁文缛节,日常生活和交际应酬,都毫不讲究,随别人安排。他从刑部尚书任上请假回浙江,省城里抚台设宴款待。正值下雨,他找双木屐踏上,走着去赴宴。

　　宴会结束后,省里全体官员排着队送他,奏乐开中门,直喊戴大人的座轿跟马。这些他全没有,于是笑着摆摆手,从旁人手中要过一把雨伞,打开来,自己撑着,大踏步地出了门。

[念楼曰]

　　古时最讲"礼",而讲礼必重繁文缛节,也就是讲排场,这也是"礼义之邦"的一项"传统"。像戴敦元这样的正部级大官,能够如此不讲排场,穿着木屐打起雨伞去参加省一把手为他举行、省里主要官员全都出席的盛大宴会,实属罕见。

　　瞿兑之《人物风俗制度丛谈》曾录有戴氏故事,如：

　　　　由江西臬（台）升山西藩（台）……途次日以面饼六枚作为三餐,不解衣,不下车,五更呼仆驱车行而已……独行数千里,而车子馆人初莫知其为新任藩司者……居京师,同僚非公不得见。部事毕,归坐一室,家人为之设食饮,暮则置烛对书坐,倦而寝。

但他又绝非书呆子,而是"于刑部例案最熟,无一事可以欺之,老胥滑吏见之束手"的精明能干的长官,这就更为难得了。

戴金溪

易宗夔

戴金溪生平简而寡营，凡人事居处皆适来而适应之。自刑部尚书假归武林，大府宴之。天雨，着屐往，终饮群官拥送大府宴之。鼓吹启戟门，呼公舆马，公笑索伞自执之，扬扬出门去。

[学其短]

◎ 本文录自易宗夔《新世说》卷一，原无题。

◎ 易宗夔，见第 153 页注。

◎ 戴金溪，名敦元，清浙江开化（今属衢州）人。

送 寿 礼

[念楼读]

陆陇其在江苏任嘉定县令时,省里的抚台慕天颜做生日,州县官员争着送礼。别人送的珍奇异物,都是用贪污舞弊的钱购买的,陆陇其却只随身带去一匹家织的布、两双家制的鞋,说:

"这不是从老百姓那里搜括来的,才敢作为礼物送上,请大人笑纳。"

慕天颜听了陆陇其的话,心里当然不高兴,更看不起这一匹布两双鞋,冷笑着辞谢不收。随后便找个借口,将陆陇其的县令官职撤掉了。

[念楼曰]

据说如今送礼之风愈来愈盛,一位镇长(这在陆陇其时代属于保正总甲之流,根本算不得官)做生(或为父母做生),收礼金可高达十几万,摆寿席可多达百余桌,媒体常有报道。地位高于乡镇长者的,在省、市报纸上,倒反而少见。

从送礼者和受礼者的表情动作中,也看得出官场上复杂微妙的关系来。陆陇其书生本色,心里是老大不愿意给抚台大人送礼的,但"群吏争献"的风气迫使他不得不送。于是故意"出布一匹屦二双",说几句带讽刺的话。慕天颜听得懂陆陇其话里的话,"笑却之",很可能还会打几句冠冕堂皇的"不受礼"之类的官腔,但终于还是赏罚兑现,"以微罪劾罢"了陆陇其的官。

陆稼书

易宗夔

陆稼书令嘉定时,苏抚慕天颜生辰庆祝.群吏争献纳珍物.公独于袖中出布一匹屦二双.曰此非取诸民者谨为公寿.天颜笑却之.卒以微罪劾罢其官.

[学其短]

- 本文录自易宗夔《新世说》卷三,原无题。
- 易宗夔,见第153页注。
- 陆稼书,名陇其,清平湖(今属浙江嘉兴)人。
- 慕天颜,字拱伦,清静宁(今属甘肃平凉)人。

记社会十三篇

市井无赖

[念楼读]

　　唐宪宗时，李夷简在成都做官。那时成都城里有个无赖叫赵高，专门打架斗殴，横行市上。他在自己背上刺满天王菩萨的像，每次犯法被捕要鞭背，执行的人不敢打天王菩萨，便不鞭打他了。赵高因此有恃无恐，成了街市上一霸，居民拿着他毫无办法。

　　李夷简听说此事，勃然大怒，立刻下令拘捕赵高，拿来新做三寸粗的大棒，喝令执法的人役："打天王！打到看不见天王为止！"一共打了这个无赖三十多棒。

　　十多天后，赵高露出背部的棒伤，重新上街头乞讨。这时他不敢再恃强逞凶了，只喊："老少爷们行行好，打发一点修补天王菩萨的功德钱！"

[念楼曰]

　　流氓无赖作为社会上的异类，是和城市的成长史一道发生发展的。历代笔记杂书中关于流氓无赖的记述，既能帮助人们了解过去各个时期的社会相，又是研究城市史的好材料，值得重视。

　　成都这个姓赵的无赖，背部被打得稀烂，十多天后又上街乞讨，袒露棒伤，"叫呼乞修功德钱"。贴肉粘住天王菩萨不肯放，其"打不倒"的流氓精神，恐怕只有"文革"中烧肉香、写血书之类的"闯将"才差堪步武，真算得是市井无赖的老前辈了。

蜀市人赵高

段成式

李夷简元和末在蜀蜀市人赵高好斗，常入狱满背镂毗沙门天王，吏欲杖背，见之辄止，恃此转为坊市患害，左右言于李，李大怒，擒就厅前索新造筋棒头，径三寸，叱杖子打天王尽则已，数三十馀不绝，经旬日袒衣而历门叫呼乞修理功德钱。

[学其短]

◎ 本文录自段成式《酉阳杂俎》卷八。
◎ 段成式，字柯古，唐临淄（今山东淄博）人。
◎ 李夷简，唐元和时为剑南（今四川）节度使。
◎ 元和，唐宪宗年号。
◎ 毗沙门天王，佛教四天王之一，又名多闻天王。
◎ 功德钱，施舍给佛事或佛教徒的钱。

乐工学画

[念楼读]

翟院深是青州的一位乐工,能指挥演奏,却极爱绘画,业余学习山水画大师李成的技法,很有成绩。

某一天,青州太守府中举行宴会,乐队在堂下演奏,由翟院深用鼓点指挥。演奏到高潮时,鼓音倏停,音乐中断,满座愕然。太守问何故停奏,翟院深答道:

"刚才天光突变,我朝空中一瞥,见有朵云匆匆飞过。那姿态飘逸卷舒,十分美丽。我想怎样将它画下来,不知不觉手就停了。"

太守为之一笑,并没有责备他。

[念楼曰]

从乐队指挥来说,心想别事,手停不动,是绝无仅有的失误。但从学画一心要捕捉形象来说,又是绝无仅有的典型。翟氏随时随地不忘作画,痴迷到如此程度,已逾越正常人的界限,达到了张岱所说的"癖"或"疵"的程度,带几分病态了。

按照张岱的说法,深情则成癖,真气则成疵。这两个字属于"疾病部"(疒),外国的凡·高、中国的徐渭庶几近之,都是伟大的艺术家。普通人自然不敢高攀他们,哪怕有时也不很甘心做螺丝钉做一世。不过如果要学文艺,搞创作,"癖"与"痴"虽不必有,更不能故意去学,深情和真气却还是必要的。

营丘伶人

王辟之

[学其短]

翟院深,营丘伶人,师李成山水,颇得其体。一日府宴张乐,院深将击鼓为节,忽停挝仰望,鼓声不续,左右惊愕。太守召问之,对曰:适乐作次,有孤云横飞,淡伫可爱,意欲图写,凝思久之,不知鼓声之失节也。太守笑而释之。

◎ 本文录自王辟之《渑水燕谈录》卷第七,原无题。
◎ 王辟之,字圣涂,北宋青州(今山东益都)人。
◎ 营丘,即青州。
◎ 李成,五代宋初画家,善"卷云皴"。

琴　师

[念楼读]

　　琴师黄振技艺高超，深为南宋高宗皇帝赏识，常常被召到御前演奏，每次赏赐他一两黄金。可是，当黄振的儿子开始学艺时，黄振却不让他学琴。

　　"你的儿子没有学琴的资质吗？"皇上问道。

　　黄振听了以后，深深叹了一口气，回答道："要何年何月，几生几世，才能遇到万岁爷这样的知音啊！"

　　果然，黄振死后，他的弹奏便成为绝响了。

[念楼曰]

　　真正的艺术大师，从来很少将艺术传授给自己的儿子。这话也可以换一个说法：真正的艺术大师，从来很少由世袭或遗传成功，因为这百分之百要靠自己，不能靠爸爸。

　　黄振宁愿"绝弦"也不让儿子学琴，他回答宋高宗的几句话说得委婉，也很得体，但有可能是托词。俗话说伴君如伴虎，专制君主尤其是患有迫害狂、被迫害狂的，对于其"身边工作人员"，爱则拔之于九天，恶则沉之于九渊，武卫打手和文艺侍从几乎没有一个有好结果。黄振宁可不要儿子继续赚这一两黄金，未必不是出于害怕。

　　当然也还有另一种可能，就是黄振和鲁迅一样"知子莫若父"，知道儿子"不是吃菜的虫"，如果硬要他学琴，那就只能成为"空头琴学家"，所以打了退堂鼓。

黄振以琴被遇

叶绍翁

琴师黄震.后易名振.以琴召入思陵悦其音.命待诏御前.日给以黄金一两.后黄教子乃以他艺入诏以尔子不足进于琴耶.黄喟然叹曰几年几世又遇这一个官家.黄死遂绝弦云.

[学其短]

◎ 本文录自叶绍翁《四朝闻见录》乙集。
◎ 叶绍翁,字嗣宗,南宋龙泉(今属浙江)人。
◎ 思陵,指宋高宗,因其死后葬于绍兴永思陵。

一连三个

[念楼读]

　　正德年间的三任吏部尚书,张彩因"刘瑾一党"被处死,陆完因"宸濠一党"、王琼因"奸党乱政"先判死刑后改充军,都没有好结果。

　　王琼获罪,石宝接任吏部尚书时,社会上有人写下了这样一张匿名帖子:

　　　　莫做莫做,莫贺莫贺;十五年间,一连三个。
将它贴在吏部衙门的大门口。

[念楼曰]

　　政治不清明,言论不自由,匿名帖子、顺口溜、无头信息这类东西便会多多出现。我感兴趣的是,上面这张帖子到底是谁贴到吏部衙门大门口去的?

　　谁贴的呢?跟石宝争尚书位子没争到的人,吏部衙门里不欢迎他的人,自然都有可能,但我想最可能的恐怕还是爱管点闲事、想出口鸟气的小小老百姓,而正在读书准备应考的士子们多半不敢。

　　本来嘛,在个人独裁的专制体制下,就是做到了六部之首的"大冢宰",也还是要看"一人"的脸色充当小媳妇,不幸卷入了政争,不仅随时可"下",而且可杀可充军,"一连三个"只怕还不止。而官瘾大的却总是不怕充军不怕死,还是一个一个争着来做这个尚书。老百姓看不过意了,于是来这么一下,可谓之民间讽刺,亦可谓黑色幽默。

莫贺莫贺

郑晓

[学其短]

正德中吏部三尚书张彩坐瑾党死.陆完坐宸濠党.王晋溪坐奸党乱政皆论死.减谪戍石文隐公代晋溪.有匿名书贴吏部门云莫做莫贺莫贺.十五年间一连三个.

◎ 本文录自郑晓《今言》卷之二,原无题。

◎ 郑晓,字窒甫,明海盐人。

◎ 正德,明武宗年号。

◎ 张彩,明安定(今属陕西)人,瘐死狱中,仍弃市。

◎ 陆完,明长洲(今苏州)人,后谪戍靖海卫。

◎ 王晋溪,名琼,字德华,明太原人。

◎ 石文隐公,名宝,字邦彦,明藁城(今属山西)人。

边唱边摘

[念楼读]

　　龙眼树的木质脆,枝条容易断。龙眼熟了,果农得雇有经验的工人上树采摘。因为怕工人在树上吃得太多,便立下一条规矩:上树后必须不停地唱歌,不唱的便不给工钱。

　　每当采龙眼的时候,处处园中枝繁叶茂的果树上,都有工人在边唱边摘果。歌声高的高,低的低,汇成一部大合唱。远处听来,觉得十分悦耳。

　　这是龙眼熟时的一景,当地把它叫作"唱龙眼"。

[念楼曰]

　　龙眼现在还是南方的主要水果之一,但"唱龙眼"的风俗却似乎不再有人提起。

　　老百姓生产、生活中习以为常的事情,不大会有人来记录它。过了几十年几百年,人们生产生活的方式变了,用具、建筑之类的"硬件"还可能部分地遗存下来,成为考古研究的对象,风俗习惯这类"软件"便消失得无影无踪。"唱龙眼"若非河南人周亮工到了福建,乍见以为新鲜,也不会写到书里。

　　七十多年前办报纸,主张刊登一点记录平凡事物的小文,被批为"妄图转移宣传的大方向"。如今大帽子虽少了,但举目仍然还是"大道理"居多,"学术名词"也越来越看不懂了。

唱龙眼

周亮工

龙眼枝甚柔脆,熟时赁惯手登采,恐其恣啖,与约曰唱勿辍,辍则勿给值,恐树叶扶疏,人坐绿阴中高低断续喁喁弗已,远听之颇足娱耳,土人谓之唱龙眼。

[学其短]

◎ 本文录自周亮工《闽小纪》卷一。

◎ 周亮工,名圻,号栎园,明清之际河南祥符(今开封)人。

咬 屁 股

[念楼读]

有个车夫推一辆载重的车上坡，正当他用尽全身气力往上推的时候，一匹狼觑准了这个机会，跑来咬他的屁股。

车夫被咬，十分疼痛，可是却无法抵御，更无法躲避；因为如果一松手，载重的车辆往后翻，车后的人必然性命难保。

等到车子推上坡，狼已经从车夫的屁股上咬下一块血淋淋的肉，远远地跑开了。

此事说来好笑，却可见狼的狡猾。

[念楼曰]

常说狗咬人不是新闻，人咬狗才是新闻。狼咬人比狗咬人罕见，亦具新闻价值；若以此刁钻新奇的法子来咬人，更是特别的新闻。看来，即使事情不是发生在此时此刻，只要原来闻所未闻，对于"新"听到的人来说，也就是新闻。

所以说，蒲松龄在豆棚瓜架下摆出茶烟，请过路人坐下来讲的既是故事，也是新闻。他实在是采访的老手，而叙事简洁，不添加教训，尤为可取。

古来讲动物故事讲得好的，常常给故事加上道德的教训，最为我所讨厌。其实故事的价值就只是好玩，如法国的《列那狐》，可以给儿童也可以给成人带来快乐，这就足够了。新闻未必都有故事性，只有满足人们求知欲的功能；何必见到吐出舌头夹着尾巴的，便硬要给贴上什么"野心狼"之类的标签呢。

车 夫

蒲松龄

有车夫载重登陂,方极力时,一狼来啮其臀。欲释手则货敝身压,忍痛推之。既上则狼已龁片肉而去。乘其不能为力之际,窃尝一脔,亦黠而可笑也。

[学其短]

◎ 本文录自蒲松龄《聊斋志异》卷十二。

◎ 蒲松龄,字留仙,清淄川(今山东淄博)人。

◎ 陂,山坡。

太 行 山

[念楼读]

甲乙二人同去游太行山,见到山名碑。甲道:"碑上明明是大行(形),怎么却叫太行(杭)。"乙道:"本来是太行(杭),如何能叫大行(形)。"

二人争执不下,去问一位老人,老人说甲对。甲走开以后,乙责怪老人不该。老人道:"偏执负气的人,不必同他争辩。这就是一个偏执负气的人,总以为自己绝对正确,同他争辩,他生起气来,更听不进真话了。既然如此,我看就让他一世不晓得有座太行山好啦!"

[念楼曰]

汉字本来有多音多义的,比如我们可以说"听了这场音乐(yuè)会,我很快乐(lè)",而不能说,"听了这场音乐(lè)会,我很快乐(yuè)。"

拿"大行"二字来说,"大"可以读 dà,大小;又可读 dài,大夫;又可读 tài,大极。"行"可以读 xíng,进行;旧又读 xìng,品行;又可读 háng,银行。这在口头上谁都分得清,写成字却未免夹缠,不然的话,外国人怎会说汉字难学。

古文"大""太"不分,太行山的读音专家也有过讨论,但约定俗成早都叫"太行(háng)山"了。就是到了今天,如果有谁一定要说该叫"大行(xíng)山",那也奈何他不得。如果他有"一言而为天下法"的地位,谁还敢说不是。只能让他"终身不知有太行山",一直到死,等他死后再来改吧。

争山名

金埴

甲乙二人同游太行山。甲曰：本大行，何得曰太行。乙曰：本太行，如何称大行。共决于老者。老者可甲而否乙，甲去。乙询云奈何公亦颠倒若是。答曰：人有争气者，不可与辩。今其人妄谓己是，不屑证明是非。有争气矣，吾不与辩者，使其终身不知有太行山也。

[学其短]

◎ 本文录自金埴《不下带编》卷二，原无题。
◎ 金埴，字苑孙，清浙江山阴（今绍兴）人。
◎ 太行山，在河北、山西两省之间。

三十年河西

[念楼读]

松江有户宰相人家，第三代家道便中落了，孙少爷竟到了向人求乞的地步。某次在外面乞得米，自己搬不动，只好在市上叫个揽零活的苦力来背，嫌他走得慢，问他道：

"我是相府子弟，下不得力也难怪；你是卖劳动力的，为什么背点东西便走不动？"

那苦力气喘吁吁地答道："我家爷爷也是位尚书大人啊。"

这件事是董苍水亲口告诉我的。

[念楼曰]

相国等于内阁总理大臣，尚书则是正部长，第三代居然一寒至此。赵翼为乾嘉时人，上溯三代是康熙朝，可见承平时也有这样的事。中国古代社会号称"超稳定"，其实还是有变化的。尚书的孙子可能成苦力，则苦力的孙子也可能成尚书。所谓"三十年河东，三十年河西"，三十年本来就是一世也。

如果河东永远是河东，河西永远是河西，秦一世之后永远是秦×世，洪水齐天，就会冲毁这个世界来重造了。

相国和尚书不会不顾惜子孙，留下的财富肯定不止几千几万袋米，却终归无用。如今世界上还有把财富连同司令官、董事长的职位都传给子孙的，我想最终也会由河东传到河西去的。

尚书孙

赵 翼

云间某相国之孙乞米于人,归途无力自负,觅一市佣负之。嗔其行迟,曰:吾相门之子不能肩负,固也,汝佣也胡亦不能行?对曰:吾亦某尚书孙也。此语闻之董苍水。

[学其短]

◎ 本文录自赵翼《檐曝杂记》卷五,原无题。
◎ 赵翼,号瓯北,清江苏阳湖(今常州)人。
◎ 云间,今上海松江。

愉快的事

[念楼读]

海上月明

九月的晴空

远处听人吹笛

意外到来的知音

风和日丽百花齐放

绿天深处人坐卧其中

细雨微风中船轻轻靠岸

灯光转暗音乐听来更轻松

老友畅谈推心置腹毫无拘束

邀二三知己随心所欲出外旅行

[念楼曰]

　　这是一首"宝塔诗"。创自唐朝白居易的"一至七字诗",后来成为一种文字游戏,多用于谐谑,但也有写得比较雅致的,像张苿的这一首《十爱》和后面的《十憎》。译文却未能做得"一至十字",却写成"四至十三字",不是尖尖的宝塔,而是平顶的印第安金字塔了。

　　"愉快的事"系借用日本古典名作《枕草子》中的题目,《枕草子》中"愉快的事",如"河里的下水船的模样""牙齿上的黑浆很好地染上了"之类,和《七爱》中的"花开值佳节""四围新绿周密"可以相比,都反映了当时的文人趣味和仕女生活,是当时的一种社会相。

十 爱

张莐

[学其短]

月秋日闻远笛.不速之客花开值佳节.
四围新绿周密烟波细雨横舟楫灯火
迷离笙歌不绝故友谈心言语多真率.
结伴离家任我山川浪迹.

◎ 本文录自张莐《彷园清语》。
◎ 张莐，字晋涛，清新安（今安徽歙县）人。

讨厌的事

[念楼读]

教条主义

狗追财主屁

算盘精得来兮

占便宜假装无意

救灾扶贫专送旧衣

邻居睡后高唱样板戏

打赢帝国主义绝无问题

公寓楼的隔墙刚改又重砌

看完黄色录像后说儿童不宜

二奶处归来五讲四美宣扬正气

[念楼曰]

《十爱》可以逐句对译,《十憎》的"夜深好点杂戏"和"粗知风水频迁祖地",不了解明清时社会生活的年轻人,却未必懂得其如何会"讨厌",所以只能"大写意"式地拟作了。

原文第一句"泥"按去声读如"逆",它不是"泥土"之泥,而是"致远恐泥"之泥,即古板固执的意思。

教条主义者正心诚意宣传"凡是",说他"泥",但在我看来,其可憎亦不亚于"二奶处归来五讲四美宣扬正气"也。

李义山《杂纂》"煞风景"十二事中的"松下喝道""苔上铺席""斫却垂杨""花下晒裈"等,"恶模样"十事中的"对丈人丈母唱艳曲""嚼残鱼肉归盘上"等,这些即使到现在也应该说还是讨厌的,虽然比它更讨厌的事还多得很。

十憎

张芃

泥势利市井气,自夸技艺碌碌全无济。
夜深好点杂戏,难事说得太容易粗知。
风水频迁祖地,无所不为向人谈道义。
事急非常故作有意无意。

[学其短]

◎ 本文录自张芃《彷园清语》。
◎ 张芃,见第 201 页注。

敬 土 地

[念楼读]

　　二月初二是土地神生日。大小衙门里都有土地祠,供着土地公公。当日主官要亲自去敬土地,佐杂人等还要吹吹打打,摆上猪头三牲。乡下人家家也得去田头小庙里奠酒,求个好年成。还给土地公公配上老婆婆,统称"田公田婆"。

[念楼曰]

　　《清嘉录》成书于清道光十年即(1830年),距今亦不过一百九十多年。那时到处都有土地庙,城中"大小官廨皆有其祠",乡下也家家户户都要敬二月二,田公田婆隔不上一里半里总有一对。由此可见,中国人和土地的关系实在深广,人们最古老的神便是"土地",知识阶层的意识形态亦植根于此。《池北偶谈》云:

　　　　今吏部、礼部、翰林院土地祠,皆祀韩文公。

　　真可比作如今退休的部级干部"亲自"出任社区主任。

　　小时看《西游记》,悟空不见了师父,"念了一声唵字咒语",本处土地即刻前来跪禀告知,心想这倒十分方便。中国人一是离不开土地,二是总被人管着。土地神官不大,却是无处不在管着人民的一切。人民需要他,统治者也需要他,故能历千百年香火不断。君不见随着乡、村干部的年轻化,如今乡村中的田头小庙也正在翻新重建,准备"新农民"都去敬土地呢。

土地公公生日

顾　禄

（二月）二日为土地神诞，俗称土地公公大小官廨皆有其祠，官府谒祭吏胥奉香火者各牲乐以酬，村农亦家户壶浆以祝神厘，俗称田公田婆。

[学其短]

- 本文录自顾禄《清嘉录》卷二。
- 顾禄，见第121页注。

妓女哭坟

[念楼读]

　　虎坊桥南边有座江南城隍庙，庙南是一片乱葬的洼地，唤作"南下洼"。此处十分冷落，庙里的戏台也多年没演过戏了。清明时候，乱葬处有人上坟，这座庙才开放。

　　上坟人以妓女居多，都换上白衣裳，来祭乱葬在洼地里的妓女，也是物伤其类的意思。有的妓女在坟前哭得很久，很伤心。其实坟中之人，有的已死去几十年，甚至上百年，和来上坟的人根本没有见过面。

[念楼曰]

　　南下洼丛葬处的祭吊，哭者与逝者并不相识，那么哭者所哭的，便只是一个和自己同样孤苦伶仃的妓女罢了。

　　哭得很久，很伤心，因为她所哭的，不仅是那个几十年、上百年前死去的同类，也包括了如今还在做妓女的自身。

　　小时读《瘗旅文》，读到"吾与尔犹彼也"这句，有时竟不禁凄然泪下。这种"物伤其类"的感情，才是最普遍、最真切的感情，也是最伟大的感情，主体和客体是谁都没有关系，反正都是同类，都是人。

　　以今视昔，还该看到的是：那时的妓女都是弱者，生前哀乐由人，死后只能葬南下洼；如今做妓女则是致富的手段，有些"高级的"甚至能进入"上层"，据说还有当上政府官员的，当然是不会再去哭坟的了。

南下洼

崇彝

清明节,江南城隍庙开放,庙在虎坊桥之南,地名南下洼,其地多丛葬处,庙居其北。有戏台为赛神之所,然多年不闻有演戏之举。是日上冢以妓女为盛,多着素服,亦悼其同类意也。有痛哭欲绝者,但所吊者或百年外之人,或数十年前者,绝不相识也。

[学其短]

◎ 本文录自崇彝《道咸以来朝野杂记》,原无题。
◎ 崇彝,蒙古族,巴鲁特氏,清末在户部为官。

吃 瓦 片

[念楼读]

　　北京人把靠房租维持生活叫作"吃瓦片",又把贩卖书画碑帖牟利叫作"吃软片"。

　　要"吃瓦片",总得先贴出小广告。从前这些小广告上,和现在的"谢绝中介"一样,也总要附上一行字:

　　　　贵旗贵教贵天津免问。

"贵旗"指"八旗"即满族人,"贵教"指伊斯兰教,这看得出民族和宗教上的歧视,多少有点怕惹不起的意思,当然不对。"贵天津"也请"免问",则因为早期到北京来的天津人,从事的职业和社会地位都比较低下,明显是看他们不起了。

[念楼曰]

　　《旧京琐记》的作者夏仁虎(枝巢子),清末民初久宦北京,对这里的社会情形十分熟悉,所记多有可观,如此节叙述所透露的旗(满)汉关系。

　　清朝的皇帝是满人,八旗中的王公贵族都有"赐第",不会要租房子;最下的旗丁照样有"铁杆庄稼"一份钱粮,也付得起房租。请"贵旗免问",恐怕的确如夏仁虎所言,是出于"畏"。平头百姓不敢和带特权色彩的人打交道,应该说是实情。不过,在旗人"领导"下还容得汉人贴这样的小广告,可见爱新觉罗的统治,比起希特勒、墨索里尼他们来,还是宽松得多。

贵旗免问

夏仁虎

京人买房宅取租以为食者谓之吃瓦片,贩书画碑帖者谓之吃软片.日租房招帖必附其下曰贵旗贵教贵天津免问.盖当时津人在京者犹不若近时之高尚,而旗籍回教则人多有畏之者.

[学其短]

◎ 本文录自夏仁虎《旧京琐记》卷一,原无题。
◎ 夏仁虎,见第125页注。

记言语十一篇

点 上 蜡 烛

[念楼读]

晋平公对他的乐师师旷道:"我年已七十,想学习恐怕已经晚了。"

"那就点上蜡烛吧。"

"开什么玩笑!这是臣子对主公说的话吗?"

"我瞎着一双眼睛,怎敢和主公开玩笑呢!我听说过,少年用功学习,那就像初升的太阳;壮年用功学习,那就像高照的日光;老年还能学习,那就像烛焰将黑夜照亮。有支蜡烛点亮,总比摸黑走夜路好吧。"

"对,说得好。"晋平公终于高兴了。

[念楼曰]

我们说"晋平公的乐师师旷",其实是不对的,因为"师旷"的意思就是"乐师旷",他的本名只叫"旷"。

古代的乐师,都是为君主和宗庙服务的,而宗庙亦即是君主。君主对臣民总不会放心,乐师常在身边,更不放心,于是常常选择盲人来充当(或者将人弄瞎,如秦王之对高渐离)。师旷据说"生而无目",没有受过高渐离那样的痛苦,也许因为如此,他才会对晋平公说这样的话。

师旷的这番话确实说得好,不仅说了学习对人生的意义,用日出、日中和炳烛比喻少年、中年和老年也非常贴切,对老人更是一种鼓励。我早年过七十,"昧行"了好几十年,如今真该炳烛,再不能摸黑了。

平公问师旷

刘 向

晋平公问于师旷曰．吾年七十欲学恐已暮矣．师旷曰何不炳烛乎平公曰安有为人臣而戏其君乎师旷曰盲臣安敢戏其君乎臣闻之少而好学如日出之阳．壮而好学如日中之光．老而好学如炳烛之明炳烛之明孰与昧行乎公曰善哉．

[学其短]

◎ 本文采自刘向《说苑》卷三，原无题。
◎ 刘向，见第 129 页注。
◎ 晋平公，晋国君主，公元前 557 年至前 532 年在位。
◎ 师旷，春秋时晋国的乐师，盲人。

答 得 好

[念楼读]

　　法畅和尚去见庾太尉。太尉见法畅手里拿着的拂尘是件好东西，便问道："这支拂尘太精美了，你一天到晚拿在手里，见到的人难免不打主意，怎么能够留得住的呢？"

　　"廉洁的人不会开口向我要，贪心的人我不会给他，怎么留不住呢？"法畅和尚这样回答。

[念楼曰]

　　好东西难留住，尤其是被有特权者看上了的好东西。"一捧雪"的故事，看京剧的人都知道，就是因为一只玉杯被人看上了不肯献出，害得莫成替死，雪艳身殉。清咸丰时官至侍郎的两兄弟钟翔和宝清（姓伊刺里），都是满族高官，钟家有太湖石，宝家有匹好马，被权相穆彰阿看上了，舍不得相送，结果钟翔被派往新疆，宝清被派往西藏，都久不调回，这是我从《道咸以来朝野杂记》中看到的。

　　在东晋时，庾亮也是位高权重的人物。康法畅却是个外国和尚，答庾亮却真的答得好："廉者不求"，太尉您自然是廉洁的大清官，总不会开口问我要吧；"贪者不与"，贪心的人虽然也有，出家人无所求无所畏，我也不会给他呀。

　　麈尾、拂尘，早已成为书面语词，到底是什么样子的东西，我也说不明白，总不会是戏剧里头太监拿在手里的那玩意吧。

法畅答庾公

裴启

[学其短]

康法畅造庾公,捉麈尾至佳。公曰:麈尾过丽,何以得在?答曰:廉者不求,贪者不与,故得在耳。

◎ 本文录自裴启《语林》辑本,原无题。
◎ 裴启,见第159页注。
◎ 康法畅,东晋时从康(居)国来的和尚,名法畅。
◎ 庾公,名亮,字元规,东晋鄢陵(今属河南)人。

手足情深

[念楼读]

　　李勣封英国公,位居宰相,爵位官位都很高,可是姐姐病了,他亲自熬粥。

　　这时他的年纪已经很大,胡须长得长,熬粥时得低头看锅下的火,好几次胡须都被火引燃。姐姐劝他别干了,说:

　　"男女用人多的是,何必自己动手呢。"

　　"难道是没人动手我才做的吗?"李勣道,"我是看见姐姐你年纪老了,我自己也老了,就是想长久给姐姐你熬粥,只怕也很难了啊!"

[念楼曰]

　　李勣对老姐姐讲的话,充满了手足之间的深情。这种亲情,想必仍会在人间存在。但如今身居高位,自己胡子一大把的老同志,能叫"仆妾"为年老生病的姐姐熬稀饭,只怕已经十分难得,亲自动手则绝无可能。"身边工作人员"也不会同意首长这么做的,即使首长自己有这份心。

　　前几十年反封建,这当然是该得要反,不反不行的。但批判伦理温情可能批得过了一点头,于是"六亲不认";提倡斗争哲学也可能斗得过了一些火,和谐因而难得。三年困难时期,一家人各按粮食定量蒸钵子饭,兄弟姊姐总要争水放得多饭蒸得满的钵子,那时更难得有"为姊作粥"的了。

言为姊作粥

刘𫗧

英公虽贵为仆射，其姊病必亲为粥釜。燃辄焚其须。姊曰：仆妾多矣，何为自苦如此。勣曰：岂为无人耶？顾今姊年老勣亦年老，虽欲久为姊粥，复可得乎。

[学其短]

◎ 本文录自刘𫗧《隋唐嘉话》卷上，原无题。
◎ 刘𫗧，见第 133 页注。
◎ 英公，见第 163 页注。
◎ 仆射，古官名，在唐代相当于宰相。

我不会死了

[念楼读]

户部郎中裴玄本,一贯喜欢讲俏皮话。有次左丞相房玄龄生病,说是病得不轻,部里的同事们商量去看望。裴玄本又开玩笑道:

"病人若是会好呢,当然得去看望;若是已经病危,那又何必去看呢。"

这话很快传到了房玄龄那里。但裴玄本还是和同事一道,去看望了房玄龄。房玄龄见到裴玄本,便笑着对他道:

"裴郎中也来看我,大约我不会死了。"

[念楼曰]

"好谐谑"是一种性格,应该说这种性格还是很受欢迎的,因为能活跃氛围,促进和谐。但在人们关系紧张时,谐谑若被"上纲上线",亦往往造成严重的后果,因为独裁者是不大能够容忍幽默的,金圣叹被杀即是一例。

裴玄本在上司病时"戏曰",虽不适宜,但传话的人若是为了讨好领导,或是为了构陷同事,用心就很不光明,十分卑鄙了。这种卑鄙小人随时随地都有,我亦是"好谐谑"者,一生中便遇见过好几个。这次"碰鬼"的是裴君,幸而房玄龄大人大度,知道他不过是"戏言",于是也用一句"戏言"收场。彼此一笑,这边表示不在乎,那边也就无所谓了。

由此可见,好谐谑亦须看对象,只能跟开得起玩笑的人开玩笑。

笑对谐谑

刘肃

裴玄本好谐谑。为户部郎中时,左仆射房玄龄疾甚,省郎将问疾。玄本戏曰:仆射病可须问之,既甚矣,何须问也。有泄其言者,既而随例候玄龄,玄龄笑曰:裴郎中来。玄龄不死矣。

[学其短]

◎ 本文录自刘肃《大唐新语》,原无题。
◎ 刘肃,唐人,元和时在江都、浔阳等地做官。
◎ 房玄龄,唐初良相,临淄(今山东淄博)人。

说　蟹

[念楼读]

　　陶穀在宋朝任翰林学士,奉命往吴越国宣慰。吴越王钱俶设宴款待,珍错杂陈,有梭子蟹。陶穀是陕西人,不识海蟹,问是什么东西。钱俶便让人从最大的梭子蟹到最小的招潮蟹逐一介绍,一共摆出了十多种。

　　陶穀见后,笑着对钱俶说:"爷爷这么大,孙子这么小,真是一代不如一代啊!"

[念楼曰]

　　"一蟹不如一蟹"后来成为成语,有讥笑一个比一个更差劲的意思。

　　署名苏轼的《艾子后语》中也有这句话,但多疑此书并非苏轼所作,那么也有可能是陶穀临场发挥,用来暗讽钱俶的,一语双关,可谓能言。明人陶宗仪纂《说郛》第九十三卷选入《国老谈苑》若干则,这句话写成了"一代不如一代",则嫌太露骨,奉使的大员似不会如此直白。

　　五代十国后皆统一于宋,此时吴越不敢与"中央"抗衡,却仍竭力想保持半独立的地位。钱俶摆出十几种螃蟹给陶穀看,未必没有显示吴越物产富饶、力量充足的意思。但钱俶毕竟是钱家的第三代了,武功远不及他爷爷钱镠,文治也比不上他爸爸钱元瓘。陶穀借着看蟹的机会,"敲打"这位三世祖一下,也是给他一点颜色看看,正所谓折冲樽俎——筵席上的斗争。

一蟹不如一蟹

王君玉

陶穀以翰林学士奉使吴越。忠懿王宴之。因食蝤蛑询其名类。忠懿命自蝤蛑至蟛蜞凡罗列十余种以进。穀视之笑谓忠懿曰此所谓一蟹不如一蟹也。

[学其短]

◎ 本文录自王君玉《国老谈苑》，原无题。
◎ 王君玉，见第147页注。
◎ 陶穀，字秀实，五代宋时新平（陕西彬县）人。
◎ 忠懿王，即五代十国时吴越第三代国王钱俶。

披油衣吃糖

[念楼读]

绍圣年间,有位叫王毅的官员,是王文贞公王旦的孙子,为人很是滑稽。

王毅被任命去泽州当知州,他很不满意,却又无可奈何。临到上任时,他去向当时的宰相章惇辞行。章惇知道他心里不高兴,想把话题扯开,便对他说道:

"泽州的油布雨衣,听说做得很好。"

王毅没有答言,冷了许久的场,章惇只好又没话找话地说:

"那里的麦芽糖尤其有名。"

"谢谢领导对我的照顾。"这时王毅开口了,"看来我去到泽州,天天可以坐在那里披着油布雨衣吃麦芽糖啦!"

章惇听了,也忍不住笑了起来。

这位说滑稽话的王毅的儿子,便是宋室南渡后几次使金、临危不屈、为国捐躯的王伦。

[念楼曰]

王毅一肚子牢骚,但用滑稽的形式表现出来,就涂上了一层润滑剂,自己能够轻松地发泄,别人听着也不太刺激。英国人说过,幽默是文明的副产品,这话说得真不错。这须得王毅这样见过世面又有文化的人,才说得恰好;章惇亦须有一点雅量,同他才开得起这样的玩笑。若毫无人情味,只强调下级服从上级,则没有搞笑的可能,只能公事公办,毫无趣味。

滑 稽

王明清

绍圣中有王毅者．文贞之孙．以滑稽得名．除知泽州不满其意．往别时宰章子厚．子厚曰泽州油衣甚佳良久又曰出饧极妙毅曰启相公到后当终日坐地披着油衣吃饧也．子厚亦为之启齿．毅之子伦也．

[学其短]

◎ 本文录自王明清《玉照新志》卷三，原无题。
◎ 王明清，南宋汝阴（今安徽阜阳）人。
◎ 绍圣，宋哲宗年号。
◎ 文贞，宋真宗时宰相王旦的谥号。
◎ 泽州，今山西晋城。
◎ 章子厚，名惇，宋哲宗时为宰相。
◎ （王）伦，南宋时数次使金，后被金人杀害。

救 马 夫

[念楼读]

齐景公有匹爱马得急病死掉了,景公很是生气,下令将马夫肢解处死。晏子请求由他来宣布罪状,于是当众对养马人说道:

"你有三条大罪:派你养马,你却让马死掉了,这是第一条死罪。你不好好照顾主公的爱马,这是第二条死罪。因为你,使得主公不得不为了一匹马而杀人,使得百姓心中觉得主公残暴不仁,使得列国诸侯都看不起我们齐国,这是第三条死罪。你真是该死,死定了。"

景公听了,只好叹一口气,说:"算了,还是将他放了吧。"

[念楼曰]

晏子本来善于辞令,本篇所记尤为出色。爱马暴死,养马者即使有罪,罪亦不至于死,更不至于要被肢解,这明明是齐景公在乱来。作为国之大臣,晏子势不能不加以阻止,但景公正在气头上,正面拦阻未必拦得住,只能表面上顺着他,实际上讲反话给他听,使他知道,如果"以一马之故杀人",不仅百姓会"怨",别国也会看不起,然后自己转弯。

晏子这样说话,叫作讽谏,即以反讽的方式对在上者进行劝谏,往往能收到意外的效果。他有不少这样的故事,都收在《晏子春秋》一书中,《说郛》此则亦辑自《晏子春秋》,不过经过改写,文字简洁多了。

晏子讽谏

陶宗仪

景公所爱马暴死,公怒,令刀解养马者。晏子请数之曰:尔有罪三,公使汝养马汝杀之当死罪一,又杀公之所爱马当死罪二,公以一马之故杀人百姓怨吾君诸侯轻吾国汝当死罪三,景公喟然曰舍之。

[学其短]

- 本文录自陶宗仪纂《说郛》卷二引《晏子春秋》,但已改写,原无题。
- 陶宗仪,见第151页注。
- 晏子,名婴,春秋时齐国的大夫。
- 景公,春秋时齐国的君主,公元前547年至前490年在位。

人尽可夫

[念楼读]

"父亲只有一个，丈夫则凡是男人都做得的。"这句话初听不免错愕，细想起来，却合情合理，并不出格。

父子关系是天生的，谁都只可能有一个生身父亲。夫妻关系则是男女配合，女子接受求婚不会限定一个对象，男女双方都可以选择。从这个意义上看，说每个男人都有可能当某个女人的丈夫，也没有什么不对。

[念楼曰]

"人尽夫也，父一而已"，这句话出于《左传》，乃是祭仲夫人讲给她女儿听的，教她在政治斗争应该帮父亲，不能帮丈夫。后来"人尽夫也"变为"人尽可夫"，用以形容滥交的女人了。20世纪40年代上海拍过一部以此为名的电影，主演白光便成了荡妇淫娃的代表。

明末统治阶级危机深重，因而社会思想比较活跃，谢肇淛才能发表他对女子从一而终的不同观点，才能承认"人尽夫也"这句话有合理性，承认"不但夫择妇，妇亦（可）择夫"，现代的情形，正是如此。

"人尽可夫"本是客观事实，被"名教"维护者歪曲成骂人的话，谢肇淛四百年前能为之正名，实属难得。如今有些人在公开场合大骂女人"人尽可夫"，关上房门又唯恐别家的女人不肯"人尽可夫"，比起四百年前的谢先生来，真该掌嘴。

格言

谢肇淛

[学其短]

父一而已,人尽夫也,此语虽得罪于名教,亦格言也。父子之恩,有生以来不可移易者也。委禽从人,原无定主,不但夫择妇,妇亦择夫矣,谓之人尽夫亦可也。

◎ 本文录自谢肇淛《五杂俎》卷之八,原无题。

◎ 谢肇淛,见第115页注。

◎ 人尽夫也,语出《左传》,可参看《逝者如斯》卷第68页《政治与亲情》篇。

囊萤映雪

[念楼读]

　　车胤和孙康历来是用功读书的模范。《晋书》说，车胤"夏月常囊萤以照书"。《尚友录》说，孙康"于冬月尝映雪读书"。

　　某天孙去看车，说是不在家。问他的家人他到哪儿去了，回答道："到野外捉萤火虫去了。"

　　改日车胤来孙家回访，只见孙呆呆地站立在门外抬头望天。问他为什么没读书，回答道："我看今日这天，不像个要下雪的样子。"

[念楼曰]

　　《晋书·车胤传》说车胤勤读书：

　　　　家贫不常得油，夏月则练囊盛数十萤火以照书，以夜继日焉。……以寒素博学，知名于世。

《尚友录》则说孙康：

　　　　少好学，家贫无油，于冬月尝映雪读书，……后官御史大夫。

　　二人的模范事迹从晋朝宣传到明朝，从来没有人敢怀疑；直到浮白主人编出这个笑话来，大家看后或听后才忍不住笑。确实，大白天去捉萤火虫，到夜里再来用功，岂非荒唐。何况据写《昆虫记》的法布尔亲自实验；萤火虫根本无法用于读书，它顶多只能照亮一个一个的字母罢了。抗战时读初中，熄灯后想看旧小说，趁大月光到雪地里试过，却实在无法看清字句，手脚更冻得不行，只能回寝室钻进冷被窝做好学生。

名读书 浮白主人

车胤囊萤读书,孙康映雪读书。一日康往拜胤不遇,问何往,门者曰出外捉萤火虫去了。已而胤答拜康,见康闲立庭中,问何不读书,康曰我看今日这天不像个下雪的。

[学其短]

- 本文录自浮白主人《笑林》。
- 浮白主人,明人,余未详。
- 车胤,字武子,东晋南平(今湖北公安)人。
- 孙康,西晋京兆(今西安)人。

人情冷暖

[念楼读]

有人说,古时苏秦讲过这样的话:"人一穷,父母不把他当儿孙;人一富,亲戚见了他都畏惧。"从苏秦本人的情形来看,也的确是这个样子。但如今世道变了,变成"人一富,父母见了他就畏惧;人一穷,亲戚见了他怕三分"了。

说这话的人,大概深有体会,才会这样发感慨吧。

[念楼曰]

苏秦是跑官要官的祖师爷。当他"说秦王书十上而说不行",跑官不得回家时,"妻不下纴,嫂不为炊,父母不与言"。于是他悬梁刺股,刻苦钻研,终于"揣摩成"了"说当世之君"的本事,当上了赵国的大官。之后他路过家乡,"父母郊迎三十里,妻侧目而视,侧耳而听,嫂蛇行匍伏,四拜自跪而谢"。这种前倨后恭的表现,才使苏秦产生"贫穷则父母不子,富贵则亲戚畏惧"的感慨。

苏秦的话,读过《古文观止》的人都知道。"雪滩钓叟"(可能就是钮琇本人吧)把它反过来一说,便刻画出了另一副社会相。儿女"一阔脸就变",尤其是飞上了高枝的,父母见了他大气都不敢出;下岗失业后到亲戚朋友家去,也仍然会使人害怕,怕你开口借钱。这岂不就是"富贵则父母不子,贫贱则亲戚畏惧"的现代版吗?

时代变了,社会也在变,人情冷暖、世态炎凉却不会变。

钓叟慨言

钮琇

雪滩钓叟曰:昔苏季子云,贫穷则父母不子,富贵则亲戚畏惧。今世异是,富贵则父母不子,贫穷则亲戚畏惧。此言殊有感慨。

[学其短]

◎ 本文录自钮琇《觚賸》卷二。
◎ 钮琇,见第117页注。
◎ 苏季子,即苏秦,战国时东周洛阳人。

读 常 见 书

[念楼读]

姚鼐辞官回家，临行时翁方纲去看他，请他留下几句话。他说：

"爱读书的朋友，总想读大家没有读过的书；我却以为，大家常读的书就够我读的了。"

[念楼曰]

姚鼐是乾隆皇帝修《四库全书》时候的人，姚本人也参加了编修工作。那时候极少外国书，人们的新作很难及时刊刻，刻出来也不易迅速普及。士大夫心目中的书不出"四库"范围，其中又只有儒家经典才是必须精读的，其他则归于杂学，释老更是异端。姚鼐说的"常见书"，指的便是公认的经典。

姚鼐到如今已经过去两百多年了。随着时代的发展，信息量在增加，知识需要更新，人们不读新书（也就是"未见"过的书）已经不可能了。但是，作为知识分子，仍然得先读懂基本的也就是"常见"的书。如果要研究人文或从事文字，那就还得先读通文史哲方面的经典，这更是"人间所常见书"。

清人笔记中曾写过，有位"太史公"（翰林）居然不知道《史记》是什么书，别人拿给他，他翻了一下，说道："亦未见甚佳。"类似这样有专家名声、有学术成就，可就是对"人间所常见书"所知太少，以至闹出笑话来的例子，在后世——近代和当代，不是也还有吗？

临别赠言

易宗夔

姚姬传乞终养归里,濒行时翁覃溪学士来乞言。公曰:诸君皆欲读人间未见书,某则愿读人间所常见书耳。

[学其短]

◎ 本文录自易宗夔《新世说》卷一,原无题。
◎ 易宗夔,见第153页注。
◎ 姚姬传,名鼐,清安徽桐城人。
◎ 翁覃溪,名方纲,清顺天大兴(今北京)人。